하늘을 폭염으로 밝히고

유성처럼 빠르게 떨어진 그것은

하얀 날개를 단 검은 갑옷의 소녀였다.

「단죄의 성검-.」

「4인분의 힘을 하나로 모아 찬란히 빛나는 페인의 검이 휘둘린다.

【단풍나무】거점에서

아프긴 싫으니까 방어력에 올인하려고 합니다.

[글] 유우미칸 [일러스트] 코인

4

CONTENTS

All points are divided to VIT.
Because
a painful one isn't liked.

NewWorld Online STATUS

║NAME 메이플　║ Maple　LV 35

HP 200/200　MP 22/22

STATUS

STR 000　VIT 1235　AGI 000　DEX 000　INT 000

EQUIPMENT

║초승달 skill 히드라　║어둠의 모조품 skill 악식　║흑장미의 갑옷

║인연의 가교　║터프니스 링　║생명의 반지

SKILL

【실드 어택】【몸놀림】【공격 피하기】【명상】【도발】【고무】【HP강화(소)】【MP강화(소)】
【대형 방패의 소양V】【커버 무브IV】【커버】【피어스 가드】【카운터】【절대방어】
【극악무도】【자이언트 킬링】【히드라 이터】【봄 이터】【쉽 이터】【불굴의 수호자】
【사이코 키네시스】【포트리스】【헌신의 자애】【기계신】

NewWorld Online STATUS

║NAME 사리　║ Sally　LV 30

HP 32/32　MP 80/80

STATUS

STR 070　VIT 000　AGI 158　DEX 045　INT 050

EQUIPMENT

║심해의 대거　║해저의 대거

║수면의 머플러 skill 신기루　║대해의 코트 skill 대해

║대해의 옷　║블랙 부츠　║인연의 가교

SKILL

【질풍 베기】【디펜스 브레이크】【고무】【다운 어택】【파워 어택】【스위치 어택】【연격검IV】
【체술V】【불 마법II】【물 마법II】【바람 마법III】【흙 마법II】【어둠 마법II】【빛 마법II】
【근력강화(소)】【연속공격 강화(소)】
【MP강화(소)】【MP컷(소)】【MP회복속도강화(소)】【독 내성(소)】【채집속도강화(소)】
【단검의 소양V】【마법의 소양II】
【상태이상 공격IV】【기척 차단II】【기척 감지II】【발소리 죽이기I】【도약III】
【요리I】【낚시】【수영X】【잠수X】【털 깎기】
【초가속】【잔재주꾼】【고대의 바다】【추인】【검무】

||NAME 크롬 HP 840/840 MP 52/52 LV 56

STATUS

[STR] 125 [VIT] 175 [AGI] 020 [DEX] 020 [INT] 010

EQUIPMENT

||참수 skill 생명포식 ||원령의 벽 skill 흡 혼

||피투성이 해골 skill 영혼포식 ||피로 물든 하얀 갑옷 skill 데드 오어 얼라이브

||강건의 반지 ||철벽의 반지 ||디펜스 링

SKILL 【돌진 찌르기】【불꽃베기】【얼음검】【실드 어택】【몸놀림】【공격 피하기】【대방어】【도발】
【철벽체제】【HP강화(대)】【HP회복속도강화(대)】【MP강화(소)】【대형 방패의 소양 X 】
【방어의 소양 X 】【커버 무브 X 】【커버】【피어스 가드】【카운터】【가드 오라】
【독 내성(대)】【마비 내성(중)】【스턴 내성(중)】【빙결 내성(중)】【화상 내성(소)】
【채굴 IV 】【채집 V 】【털 깎기】【정령의 빛】【불굴의 수호자】【배틀힐링】

||NAME 이즈 HP 100/100 MP 100/100 LV 40

STATUS

[STR] 045 [VIT] 020 [AGI] 065 [DEX] 210 [INT] 030

EQUIPMENT

||대장장이의 해머 X ||연금술사의 고글 skill 심술쟁이 연금술

||연금술사의 롱코트 skill 마법공방 ||대장장이의 레기스 X

||연금술사의 부츠 skill 새로운 경지 ||포션 파우치 ||아이템 파우치 ||블랙 글러브

SKILL 【스트라이크】【생산의 소양 X 】【강화성공확률강화(대)】【채집속도강화(대)】
【채굴속도강화(대)】【상태이상공격 II 】【발소리 죽이기 III 】【대장 X 】【재봉 X 】【재배 X 】【조합 X 】
【가공 X 】【요리 X 】【채굴 X 】【채집 X 】【수영 IV 】【잠수 V 】【털 깎기】【대장장이 신의 가호 VIII 】

||NAME 카나데 HP 335/335 MP 290/290 LV 22

STATUS

[STR] 015 [VIT] 010 [AGI] 020 [DEX] 030 [INT] 110

EQUIPMENT

||신들의 지혜 skill 신계서고 ||다이아 뉴스보이캡 VIII

||지혜의 코트 VI ||지혜의 레깅스 VIII ||지혜의 부츠 VI

||스페이드 이어링 ||마도사의 글러브 ||성스러운 반지

SKILL 【마법의 소양 V 】【MP강화(중)】【MP컷(소)】【MP회복속도강화(중)】
【불 마법 III 】【물 마법 II 】【바람 마법 III 】【흙 마법 II 】【어둠 마법 I 】【빛 마법 II 】【마도서고】

║NAME 카스미 **HP** 435/435 **MP** 70/70 **LV** **54**

STATUS

『STR』170 『VIT』080 『AGI』090 『DEX』020 『INT』020

EQUIPMENT

║무명도 ║분홍색 머리장식 ║벚꽃의 옷 ║보라색 하카마

║사무라이의 각반 ║사무라이의 토시 ║금 허리띠 ║벚꽃 문장

SKILL 【일섬】【투구 쪼개기】【가드 브레이크】【후리기】【간파】【고무】【공격체제】【도술 X】
【HP강화(대)】【MP강화(소)】【독 내성(대)】【마비 내성(대)】
【장검의 소양 X】【도의 소양 X】【채굴 IV】【채집 VI】【잠수 V】【수영 VI】【도약 VII】【털 깎기】
【멀리보기】【불굴】【검기】【용맹】【괴력】【초가속】【전장의 마음가짐】

║NAME 마이 **HP** 35/35 **MP** 20/20 **LV** **24**

STATUS

『STR』325 『VIT』000 『AGI』000 『DEX』000 『INT』000

EQUIPMENT

║파괴의 검은 망치 VIII ║블랙돌 드레스 VIII

║블랙돌 타이츠 VIII ║블랙돌 슈즈 VIII

║작은 리본 ║실크 글러브

SKILL 【더블 스탬프】【더블 임팩트】【공격강화(소)】【대형망치의 소양 II】【투척】
【침략자】【파괴왕】【자이언트 킬링】

║NAME 유이 **HP** 35/35 **MP** 20/20 **LV** **24**

STATUS

『STR』325 『VIT』000 『AGI』000 『DEX』000 『INT』000

EQUIPMENT

║파괴의 하얀 망치 VIII ║화이트돌 드레스 VIII

║화이트돌 타이츠 VIII ║화이트돌 슈즈 VIII

║작은 리본 ║실크 글러브

SKILL 【더블 스탬프】【더블 임팩트】【공격강화(소)】【대형망치의 소양 II】【투척】
【침략자】【파괴왕】【자이언트 킬링】

프롤로그

　방어력에 스테이터스를 몰아주면서 단번에 상위권 플레이어의 반열에 들어간 메이플은 친구 사리와 함께 길드 【단풍나무】를 만들었다. 그리고 마찬가지로 방패 유저인 크롬, 도검 유저인 카스미, 그리고 【신계서고】를 통해서 스킬을 랜덤으로 입수할 수 있는 카나데를 영입했다.

　그 뒤로 생산직인 이즈, 공격 올인 타입인 마이와 유이를 새롭게 끌어들여서 다 함께 제4회 이벤트에 참가하기로 했다. 시간 가속 상태에서 치러지는 제4회 이벤트는 거점에 설치된 오브를 빼앗거나 지키면 가산되는 포인트를 두고 겨루는 방식이었다.

　사망할 때마다 능력치가 떨어지고, 다섯 번 사망하면 탈락하는 형식이므로 머릿수로 밀어붙이는 대규모 길드에 비해 【단풍나무】는 불리하다고 할 수 있었다.

　그래도 상위에 들어가고자 【단풍나무】는 작전을 생각했다.

　"목표는 상위 입상!"

　메이플의 말에 전원이 사기를 높이면서 빛에 휩싸인다.

"좋아, 시작하자!"

눈앞이 새하얗게 물드는 가운데, 메이플은 주먹을 불끈 쥐었다.

1장 방어 특화와 제4회 이벤트.

 빛이 약해지고, 여덟 명의 눈앞에 나타난 것은 녹색으로 빛나는 오브와 그것이 안치된 받침대였다. 여기가 자신들의 본거지란 사실은 바로 이해할 수 있었다. 이번에 【단풍나무】의 거점은 동굴의 최심부였다.

 이벤트 필드는 제2회 이벤트처럼 다양한 지형이 존재하는 광대한 장소이며, 초원 등과 비교하면 꽤나 지키기 쉬운 지형이라고 할 수 있다.

 넓은 방과 이어지는 통로는 세 개.

 사리와 카스미는 오브 뒤쪽에 있는 두 통로를 재빨리 탐색하고 돌아왔다.

 "이쪽은 막힌 길에 물가가 있는 정도였어. 쉴 수 있겠네."

 "이쪽은 딱히 아무것도 없었다. 뭐, 누울 수는 있겠지."

 "그럼 남은 하나가 지상으로 통하는 루트인가? 지키기 쉽겠군."

 외길이라면 뒤통수를 맞을 걱정이 없다.

 "그럼 우리는 공격하러 갈게."

"그래, 예정대로 가자."

시간이 아쉽다는 듯이 사리와 크롬, 카스미로 이루어진 공격조 세 명은 거점에서 뛰쳐나갔다.

기동력이 높은 사리와 카스미에 유연하게 행동할 수 있는 크롬이 붙어서 공격을 담당하고, 오브 방어에는 메이플을 배치하고, 카나데와 이즈가 함께 마이와 유이를 서포트하는 포진이다. 입수한 오브를 넘기지 않기 위해서 거점 방어는 철벽과도 같은 태세였다.

남은 멤버는 이즈에게 받은 로브를 입었다. 이즈 자신도 그걸 입고 오브 근처에 앉았다. 이것은 방어력이고 뭐고 없는, 단순히 몸을 가리는 천이다. 그저 메이플이 있다는 사실을 들키지 않는 것이 중요하다. 상대하기 쉬운 소수 길드라고 믿고 쳐들어온 상대를 마이와 유이를 주축으로 삼고 나머지 세 명이 서포트하여 쓰러뜨리는 것이 【단풍나무】의 방어 전략이었다.

이렇게 주위 길드를 약하게 만들어서 공격조를 돕는다는 계획이다.

메이플에게는 위험과 이상함이 가득했다. 그것은 누구나 아는 사실이니, 메이플이 있다는 사실만 알아도 싸우지 않고 도망칠 것이다.

"누가 오거든 마이랑 유이가 열심히 싸워! 나도 열심히 하겠지만!"

메이플은 자신만만하게 방패를 들었다.

"예! ……괜찮을까. 연습은 했지만."

"괜찮아, 언니! 나도…… 조금 불안하지만."

잘할 수 있을까 조금 불안해 보이는 두 사람에게 카나데가 말을 걸었다.

"메이플이 지켜주니까. 공격에 집중하면 돼."

"그래. 방어는 맡겨 줘!"

두 사람의 말에 다소 안심했는지 마이와 유이는 얼굴에 웃음을 띠고 주먹을 불끈 쥐었다.

"일단 세 사람이 오브를 가지고 돌아오길 기다리자."

다섯 명은 입구를 경계하면서 체력을 소비하지 않게끔 대기하기로 했다.

공격조 세 사람은 여기저기에 덤불이 있는 깊은 숲속을 조용히 이동하고 있었다.

"적이 보이면 무조건 죽여도 괜찮겠지?"

"예, 괜찮아요……. 우선 근처를 탐색하죠. 근처의 위험부터 차례대로 배제할게요."

그렇게 말하고 숲속을 이동하던 사리가 플레이어의 말소리를 들었다.

"내가 척후로 나서서 적당히 잡다가 두 사람 근처까지 적을 유도할 테니까 틈을 봐서 공격을 부탁할게요."

"오케이."

"여기 덤불에 숨어 있지."

각자 자리를 잡았을 때, 사리가 굵은 나뭇가지를 훌쩍 뛰어넘어서 목소리가 들린 방향으로 향했다.

소리를 내던 플레이어들은 5인조였고, 그들 또한 오브를 찾으러 외부로 나온 이들이었다.

"하나 정도는 근처에 있을 텐데……."

"괜찮아. 서두르지 말자."

그렇게 말하며 걷는 5인조 중 맨 뒷사람이 어느 나무 밑을 지나는 바로 그 순간.

다리로 나무에 거꾸로 매달렸던 사리가 스르륵 모습을 보이며 뒤에서 두 손의 단검으로 목을 찢었다.

"우와아아악?!"

사태를 파악하기 전에 사리가 무자비하게 추격타를 날렸다.

혼란에 빠져 비명을 지르다 HP가 0이 되어 빛으로 변한 동료를 돌아본 네 사람에게 바람의 칼날이 날아들었다.

갑자기 한 명이 격파당하는 바람에 나머지 네 명은 한눈에 봐도 동요한 상태다.

"……."

사리는 빠르게 달려서 그 자리를 이탈했다.

"어, 어이! 기다려!"

혼란은 전원에게 퍼지고, 좌우지간 도망치는 상대를 쫓아간다는 실수를 저질렀다. 사리에게 유인당하고 있음을 알아차릴 수 없었다.

앞서가는 사리를 거의 따라잡았다고 생각했을 때.

덤불에서 튀어나온 도검과 손도끼가 선두에 있던 남자에게 치명상을 입혔다.

"이⋯⋯런!"

덫이라고 알아차렸을 때는 이미 늦었다.

세 번째 멤버가 카스미에 칼에 베여 쓰러졌다.

"후퇴해⋯⋯ 앗!"

도망치려는 여성 플레이어가 사리의 【파이어 볼】에 등을 직격당해 균형을 잃는다.

"흠!"

그 상태로는 크롬의 손도끼를 피할 수 없었다.

"⋯⋯좋았어."

"그래, 도망가는군."

공격조 세 사람은 일부러 한 명만 도망가게 했다.

혼자서는 다른 길드 사람을 쓰러뜨릴 수 없을 테고, 그렇다면 자기 진영으로 돌아가겠지. 하지만 마지막으로 살아남은 한 명은 얌전히 이 자리에서 죽어야 했다.

그랬으면 호랑이를 자기 집로 들이는 일도 없었을 테니까.

카스미와 크롬은 맵을 켜서 사리의 위치를 확인했다. 맵에서는 사리의 이름이 표시된 붉은 삼각형 마크가 이동하고 있었다.

두 사람은 도망친 플레이어를 몰래 뒤쫓는 사리의 마크를 쫓아가기만 하면 됐다.

"저쪽이군. 가자."

"그래, 내가 앞장서지. 만일을 위해서."

이렇게 두 사람은 사리를 쫓아갔다.

"아, 왔네."

사리가 나무 위에서 두 사람을 불렀다.

"저 동굴인가?"

카스미가 사리에게 묻자, 사리는 고개를 끄덕였다.

조금 떨어진 곳에는 나무가 입구를 가려서 찾기 어려운 동굴이 있었다.

"그래. 우리와 비슷한 최소 규모일까? 아슬아슬하게 중규모에 들어갈지도. 몇 명이 있을지 몰라."

"예정대로 내가 선두에 서지. 뭐, 어떻게든 될 거야."

방어력과 생존능력이 뛰어난 크롬이 스스로 선언한 대로 선두에 서서 동굴 안으로 들어갔다.

조금 들어가니, 받침대 위에 놓인 오브가 보였다.

그리고 뭔가 위험한 놈들과 만났다고 떠드는 플레이어의 말을 듣는 서른 명 정도의 플레이어들이 있었다.

당연히 입구를 보는 플레이어도 있어서, 침입자를 알아챘다.

"다들 무기 들어!"

아마도 길드마스터인 듯한 남자가 호령을 내리며 장검을 뽑고 방패를 들자, 거기에 있던 전원이 마찬가지로 무기를 들기 시작했다.

"그럼 간다?"

크롬을 선두로 하고, 그 뒤를 사리와 카스미가 따라갔다.

적의 전위가 튀어나와서 집단으로 크롬에게 덤벼들었다.

크롬도 대미지를 입었지만, 집단으로 덤빈다는 것은 항상 누군가가 반격을 받고 누군가는 가드당한다는 소리다.

자세히 보니 크롬의 머리 위에 있는 HP 게이지가 줄어든 순간 100퍼센트로 쭉쭉 회복되는 것을 알아챈 전위집단이 거리를 벌리려고 주춤거린 순간, 사리와 카스미가 단숨에 공격에 나섰다.

마법도 날아왔지만 사리는 마치 다 예지한 것처럼 마법의 비를 피하며 공격했다. 카스미는 크롬이 【커버】로 단단히 지켰다.

"이 정도면 안 맞아!"

"여전히 대단한 회피력이군……. 나도 저랬으면 좋겠는데!"

그런 소리를 하면서 사리보다 빠른 페이스로 카스미가 플레이어를 베어버렸다. 각개격파로 사리와 카스미가 숫자를 줄여 나가지만, 두 사람에게 주의가 쏠리면 크롬이 사정없이 공격해 온다.

적의 회복도 집중공격을 따라가지 못해 하나하나 쓰러져 나간다.

"이, 이게 말이 돼?!"

"탱커가 마비에 걸렸다! 한 명이라도 머릿수를 줄여!"

마지막 오기라는 듯이 날린 상태이상 공격을 계속해서 맞은 크롬이 마비에 걸려서 움직일 수 없어졌다. 이래선 견실하게 치명상을 막으며 전선을 유지하는 포지션을 상실한다. 크롬은 공격과 가드 때 체력을 회복하므로, 이대로 가다간 크롬의 체력이 바닥난다.

"큭……. 아무래도 머릿수 차이가 크군……!"

그리고 그들은 상태이상으로 움직임이 둔해진 크롬을 여덟 명으로 에워싸 물량으로 승부하는 스킬과 마법으로 체력을 깎아내려고 했다.

하지만 그것만으로는 부족했다.

크롬의 뒤에 붉은 해골이 떠오르고, HP가 1인 상태로 감소가 멈추었다.

죽어야 했던 크롬. 하지만 크롬은 HP가 0이 됐을 때 장비 스킬 【데드 오어 얼라이브】로 50% 확률로 HP 1 상태로 살아남을 수 있다.

그것도 운이 좋으면 무한하게.

"허, 운이 좋은데?"

"【힐】!"

사리의 마법으로 HP도 회복됐고, 시간 경과에 따라 마비도 회복됐다.

마지막 발악으로 한 공격도 불발로 끝난 그들은 회복된 크롬도 가세한 공격에 무너졌다.

"이전 장비라면 【불굴의 수호자】를 썼겠군. 그렇게 포위되고서 버틸 수 있는 건 메이플 정도겠지…….."

크롬도 레벨이 높지만, 마비 상태에 사방이 포위되어 공격을 받는 상황에서는 잘해야 간신히 살아남을까 말까 하다. 죽기 직전으로 끝나면 다행이겠지.

플레이어를 가장 많이 쓰러뜨린 것은 카스미였다. 세 사람 중에서 최고의 공격력과 높은 기동력은 무시할 수 없다.

유일하게 방패를 들었고 중장비인 크롬은 딱 봐도 탱커이기 때문에 제일 먼저 표적이 되어서 HP가 아슬아슬할 정도로 줄어들었지만, 사용 횟수가 제한된 스킬을 아끼려면 다소 위험을 감수할 필요가 있었다.

오늘은 아직 이벤트가 막 시작된 참이기도 해서, 쓰면 안 되는 스킬도 정해두었다.

【불굴의 수호자】가 있어서 일단 죽을 일은 없다는 확신이 있으니까, 크롬은 몸을 확실히 지킬 수 있는 스킬을 쓰지 않았다.

"좋았어, 오브를 회수하고……. 카스미, 일단 이걸 가지고 돌아가 줄래? 나는 근처를 좀 정찰하고 올게. 이런 식이면 생각보다 근처에 길드가 있을지도 몰라."

이번 이벤트의 수집물인 오브를 받침대에서 회수한 사리는 기습을 노리고 숨어 있는 플레이어가 없는지 신중하게 확인했다.

주위에 길드가 얼마나 있는지 확인하기 위해서 사리만 전장에 남고, 크롬과 카스미는 전리품을 가지고 돌아가기로 했다. 리스폰 장소는 길드 주변의 어딘가이고, 매복하기도 어려울 테니 여기에 있어 봤자다.

카스미와 크롬이 돌아올 무렵에는 【단풍나무】에 침입자가 들어왔다.

"다섯 명! 할 수 있겠어!"

의기양양하게 들어와서 일행을 공격하는 8인조를 기다리는 것은 마치 눈싸움이라도 하듯이 가볍게 날아오는 고속의 쇠구슬이었다. 내구력과 속도를 버리고 한계까지 공격력에 특화된 데다가 【침략자】로 강화된 마이와 유이의 화력은 상상을 뛰어넘었다.

"“얍!”"

귀여운 외침과 함께 날아온 쇠구슬은 굉음과 함께 플레이어를 덮쳤다.

방패로 몸을 가린 자는 차례로 날아오는 쇠구슬에 방패와 함께 부서져 쓰러졌다.

검으로 막으려던 자는 검이 부러지고 날아갔다.

"자, 여기, 계속 던져."

그렇게 말하면서 이즈가 두 사람의 발밑에 차례로 쇠구슬을 보충한다. 구슬이 떨어질 리 일이 없다는 잔혹한 현실을 침입자들에게 보여주는 것이다.

"……안 지켜도 될 정도?"

"그런 모양이네. 나도 할 일이 없어."

메이플과 카나데는 쓰러지는 플레이어들을 바라볼 뿐이다.

어떻게 대항할 수 없다고 깨닫고 도망치려는 자들은, 위풍당당하게 들어올 때는 몰랐지만 출구가 멀다는 현실에 절망하면서 등에 쇠구슬이 부딪치는 충격을 느끼며 소멸했다.

엉망진창으로 당해서 거점으로 돌아온 여덟 명. 하지만 그들은 길드 멤버들에게 거기에 절대로 접근하지 말라고 전할 수 있었다. 그것만은 최대급의 공적이라고 할 수 있었다.

◆ □ ◆ □ ◆ □ ◆

두 사람과 헤어진 사리는 혼자서 나무 위나 덤불 안이나 바위 사이를 재빨리 이동하고 몸을 숨기며 다른 길드가 어디에 있을지 확인하고 있었다.

사리가 꽤 멀리까지 나가서 발견한 길드는 총 다섯 개. 맵 전체를 파악하는 정도는 아니지만, 폐허나 숲, 커다란 호수 등 대략적인 표식이 될 만한 장소가 길드 부근에 있었다.

그중에는 최소 규모의 길드만이 아니라 중규모인 듯한 길드도 포함되어 있었다. 중규모 중에서도 좀 큰 쪽이면 플레이어가 50명 정도 되기도 했다.

사리는 맵에 그 정보를 메모해 위치를 기록한 뒤, 들키지 않도록 그 자리를 이탈했다.

"중규모는 폐허 중심…… 오브 주위에는 천장이 있어도 벽은 없음…… 인가."

사리는 맵을 닫고 나무줄기에 등을 기대 생각에 잠겼다.

아까 전투에서는 예상대로 소비를 줄이고 승리를 얻을 수 있었지만, 다음에도 잘될 것 같지 않았다.

또 사리는 필드를 정찰하면서 아이템이 거의 배치되지 않았음을 깨달았다. 소재나 회복 아이템이 거의 없었던 것이다.

안정적으로 눈에 띄는 것은 이 필드 전용의 장비 내구치 회복 아이템 정도였다.

포션 계통은 소재가 다 떨어지면 만들 수도 없다.

"여기저기서 격하게 싸우고 있네……. 5일차에는 MP 포션에도 한계가 오려나?"

HP 포션과 비교하면 MP 포션은 소비가 심하다. 싸움의 판도를 바꿀 만한 마법이나 스킬은 MP 소비가 심하고, 전투가 거듭되는 이번 이벤트에서는 소비가 더욱 빨라질 게 틀림없었다.

5일차는 마법 지원도 약해질 가능성이 있었다.

"으음……. 하지만 미리 점수를 벌지 않으면 상위 길드를 쫓아갈 수 없을 테니까 말이야. 아까 일을 생각하면 상대가 많을 때는 메이플이 있었으면 하지만, 그건 어렵겠고……. 그럼 지금 가능한 것은……."

오브를 못 구하면 상위 길드와 포인트가 벌어진다.

사리는 한동안 고민한 다음 생각을 정리한 뒤 망토로 온몸을 숨기고 나무 위에서 뛰어내려서 플레이어를 찾기 시작했다.

사리가 한동안 탐색하자 3인조가 눈에 띄었다. 사리가 두 사람과 함께 탐색했듯이, 덤불이 많고 시야가 안 좋은 장소에 있었다.

사리가 나무 위에서 이야기를 들어보니, 아무래도 정찰부대인 듯했다.

무기가 지팡이와 대검과 방패&한손검이라는 것까지 확인

한 뒤, 사리는 그 자리를 벗어나서 조용히 지면에 내려가 일부러 덤불을 건드려 소리를 내면서 3인조의 근처를 지나갔다.

들켰다는 짜증을 표현하기 위한 혀 차는 소리도 추가했다.

"……! 한 명이다! 해치워!"

"알았어, 맡겨 줘!"

정찰부대라고 해도 3 대 1인 상황.

게다가 명백히 이쪽을 꺼린다면 세 사람이 공격으로 나서는 것도 자연스러웠다.

슬쩍 뒤를 확인하는 사리에게 마법이 날아왔다. 또한 추가타를 날리듯 대검의 돌진공격이 힘차게 쇄도했다.

사리는 마법을 피한 뒤 균형을 무너뜨리면서 돌진을 피한다.

기다렸다는 듯이 날아드는 한손검을 단검으로 흘려서 피하고, 이어서 날아온 바람의 칼날 세 방도 몸을 굴려서 회피했다.

"【도약】!"

사리는 스킬로 거리를 벌린 뒤 자세를 가다듬으면서 두 손의 단검으로 견제하고 슬금슬금 후퇴했다.

상대가 도망치려는 것을 확인한 세 사람은 곧바로 추격에 나섰다.

"【도약】!"

"【중돌진】!"

대검이 정면에서 돌진, 한손검은 도약으로 사리의 뒤를 잡아서 퇴로를 막았다. 마법 지원도 끊이지 않았다.

상대는 완전히 밀어붙이는 기세다.

조금만 더 밀어붙이면 사리를 쓰러뜨릴 줄 알았겠지.

그렇게 아무래도 너무 잘 피하는 것 아니냐고 의심하기 직전.

사리는 몸을 굴려 흙을 묻히며 전속력으로 숲속을 도망쳤다.

지형 탓도 있어서 세 사람은 사리를 다시 찾지도 못하고 체념했다.

"그냥 가자, 그 녀석은 무시해."

"음, 그래."

"좋아, 잘 풀렸어."

추적을 뿌리친 사리는 다시금 일부러 들키기 위해 플레이어를 찾았다.

언뜻 보기에 이해할 수 없는 행동을 하는 사리의 목적은 단 하나, 【검무】의 효과를 최대한 끌어올리는 것이다.

【검무】로 【STR】을 올리려는 것이다.

> **【검무(劍舞)】**
> 공격을 회피할 때마다 STR이 1퍼센트 상승.
> 최대 100퍼센트.
> 대미지를 받으면 상승치가 사라진다.

그리고 20분 뒤. 사리는 목적한 대로 【검무】로 STR를 최대치까지 올리는 데 성공했다.

"준비 완료. 오보로, 가자."

사리는 하얀 여우 오보로를 불러내 목에 밀착시켰다. 오보로는 사리의 머플러에 맞추듯 꼬리를 감고 친근감을 표하듯 얼굴을 비볐다. 사리는 찾아낸 길드 중 하나로 접근하면서 집중력을 높였다.

"……좋아, 오브 확인."

중규모 길드는 두 군데였고, 어느 쪽도 외부에서 오브를 확인할 수 있었다. 다만 장애물도 적당히 있고, 방어를 맡은 플레이어도 생각하면 공략 난이도는 상당히 높다. 양쪽 다 폐허가 된 석조 건물이 몇 채 있고, 그 중앙 광장에 오브가 있는 상황이었다.

사리는 그중 하나, 방어가 고르지 못한 쪽으로 왔다.

중규모 길드인 만큼 플레이어가 우글우글했다.

"후우…… 좋아, 할 수 있어, 할 수 있어!"

사리는 뺨을 두드려 집중하고, 경비가 제일 허술한 곳에서 길드 거점에 돌입했다.

"침입자! 한 명이다!"

경비가 소리치자, 오브를 지키던 이들이 일제히 사리 쪽을 보았다.

"【도약】!"

사리는【도약】을 써서 방어진 왼쪽으로 치우쳐 도망쳤다.

"포위해!"

침입자인 사리를 포위하고자 방어 일부가 사리 쪽으로 향하고, 멋지게 포위섬멸에 성공했다.

하지만 그것은 안개처럼 공기에 녹아 사라졌다.

경악하는 이들에게 침입자를 다시금 발견했다는 지령이 들어왔다. 사리가 오른쪽에서 나타난 것이다.

제2진이 방어에 나섰다. 그리고 이것 또한 완벽한 연계로 처치할 수 있었다.

하지만 또다시 그 모습이 사라졌다.

사리는 오보로와 합쳐서 두 번의【신기루】로 시선을 흐리고, 방어에 틈을 만들었다. 현실은 똑바로 전진한 것뿐인데도, 그들은 알아서 오브로 향하는 길을 열어주었다.

"【초가속】!"

알아차렸을 때는 이미 늦었다.

사리는 마지막 돌진으로 한 명도 쓰러뜨리는 일 없이 오브를 낚아챘다.

다만 여기서 도망치는 것도 쉽지는 않다. 여기서부터는 포위를 돌파해야만 한다.

"【슬래시】!"

【추인】을 이용한 추격타와【검무】로 강화된 두 손의 단검 공

격은 상황을 이해하지 못한 그들을 쉽사리 꿰뚫었다.

【검무】로 화력을 한계까지 끌어올린 사리의 단검은 타격이 상당히 크다.

【초가속】이 유지되는 동안 닥치는 대로 베면서 길을 연다.

상승한 화력 덕분에 사리는 길을 막는 플레이어의 태세를 무너뜨릴 수 있었다.

정찰 결과, 정면에서 붙어도 전력상으로 어려운 상대밖에 없음을 이해한 사리는 일회성 기책으로 오브를 훔치자는 생각에 도달했다.

사리에게는 그만한 힘이 있었다. 이 작전에는 절대적인 회피력과 민첩성이 필요했다고 할 수 있다.

아직 정보도 없고 수비도 엉성한 첫날이기에 성공하는 기책이었다.

"【워터 월】!"

물의 장벽을 만들어 마법공격의 도달을 지연시키고, 마침내 사리는 전력이 편중되어 포위가 약해진 부분으로 탈출했다.

"여기서부터는 잡히면 안 되지. 좋아…… 왔다……!"

눈앞에서 오브를 빼앗긴 방어 멤버들이 잠자코 있을 리가 없다.

그들은 공격에 멤버를 많이 할당했지만, 그래도 40명은 된다.

이미 지킬 오브가 없으니 전원이 사리를 쫓아왔다.

사리는 도망쳤다.

또 다른 중규모 길드 쪽으로.

따라잡히지 않을 정도로, 하지만 완전히 따돌리지 않을 정도로, 사리는 계속 달렸다. 중규모 길드가 보이기 시작했다. 푸른색 장비로 통일된 것이 특징이라서, 모습을 좀 보이더라도 섞여들 수 있다고 생각했다.

사리를 선두로 한 군단을 보고, 방어진은 적이 쳐들어왔다고 방어 태세를 취했다.

사리를 쫓는 자들은 이들이 사리의 길드 멤버라고 생각하고 공격에 들어갔다.

양쪽의 인식은 어긋났지만, 서로 싸우는 결론에 도달했다.

사리가 목적은 난전을 틈탄 오브 탈취. 그래서 필요한 전력을 데려온 것이다.

"오보로, 【순영(瞬影)】."

싸움이 시작되고 사리에게서 모두의 의식이 멀어진 순간.

오보로의 스킬 효과로 사리는 1초 동안 완전히 모습을 감추었다.

그리고 그대로 덤불에 숨어 상황을 살폈다.

양쪽의 전력은 아무래도 호각인 듯했다. 사리가 데려온 군단이 오브를 되찾으려고 전력을 다했기 때문에 조금 밀어붙이고 있었다.

난전 속에서 사리가 어디로 사라졌는지 확인하는 사람은 없었다.

사리를 쫓아온 사람들이 한쪽 방향에서 공격했기 때문에, 오브를 지키는 방향도 편중되어 있었다. 뒤쪽으로 돌아가면 방어하는 사람이 적다.

사리는 폐허 속을 천천히 이동하면서 표적을 정했다.

"……【도약】!【더블 슬래시】!"

사리는 지키는 사람이 다섯 명밖에 없는 방향에서 튀어나와 기습했고, 적이 대응하기 전에 다 베어버렸다.

【검무】로 올라간 공격력은 여기서도 크게 도움이 됐다.

"좋았어!"

오브를 손에 넣은 뒤 장기인 회피와 카운터로 나머지를 처리하고, 완벽한 안전지대인【단풍나무】로 서둘러 이동했다.

"돌아가면 메이플이 있어! 가지고 돌아가면…… 끝!"

난전이 끝나려면 아직 시간이 더 걸린다.

사리가 오브를 가지고 멀리까지 도망친 것을 알아차리고 여럿이서 쫓아오기까지는 시간이 걸린다.

도주하는 것은 간단했다.

사리는 도망칠 때 길드 멤버에게 메시지를 일제 송신했다.

내용은 오브를 빼앗았으니 입구에서 받아달라는 것이었다.

오브를 재빨리 메이플에게 보내 안전을 확보하는 동시에 빠르게 다음 오브를 차지하러 가기 위함이다.

첫날이 가장 기회가 많다.

승리를 위해서는 시간을 낭비할 수 없다.

"좋아, 보였어!"

추격대가 없는 것을 확인하면서 신중하게 아군 진영으로 향하던 사리의 눈에 기습을 경계하면서 그늘에서 사리를 확인하는 크롬의 모습이 보였다.

사리는 크롬에게 다가가서 오브 두 개를 건넸다.

"대단한데……. 이렇게 금방…….'"

"……내가 첫날 중에 점수를 벌 테니까, 방어는 부탁할게요."

"음, 맡겨 줘!"

【단풍나무】에게 오브를 빼앗긴 길드는 세 군데. 그들의 오브는 각자가 가진 맵에 표시된다.

그리고 그 장소는 모두 같은 위치.

즉각 협력할 것인가, 아니면 오브의 탈환을 포기하고 필요 없어진 방어 전력과 함께 다른 길드를 공격할 것인가. 어떻게 되든 오브를 일찍 빼앗겨서 계획이 틀어진 길드로서는 첫날부터 대혼란을 피할 수 없었다.

"자, 가자!"

사리는 휴식도 없이 다시금 전장으로 돌아갔다. 그러지 않으면 대규모 길드와 점수가 벌어지기 때문이다.

찾아놓은 길드가 아직 몇 군데 있어서 다음은 그 오브를 빼앗으러 가는 것이다.

◆ □ ◆ □ ◆ □ ◆

크롬은 사리에게 받은 오브를 가지고 메이플이 있는 곳으로 돌아와서 모두에게 보여주었다.

"역시 사리, 대단해!"

"그러게. 빼앗는다는 게 말이야 쉽지만…… 아무나 할 수 있는 게 아니야."

사리 이야기를 하면서 방어 멤버를 결정했다.

그리고 그 멤버는 카나데, 마이, 유이, 메이플로 정해졌다.

"우리는 일단 안쪽에 있지."

"위험해지거든…… 아니, 그럴 리 없나."

"그래, 고비가 지나가면 우리 셋이 정찰하면서 적을 줄이러 나가지."

전투가 가능해진 이즈도 포함한 셋이서 정찰부대를 없앨 예정이다.

"그럼 나는 【수정벽】을 쓸 수 있게 방패를 바꿔야지."

메이플은 공격하지 않을 예정이라서 【수정벽】으로 적을 방해하는 일에 전력하기로 했다. 이 방패를 장비하면 수정으로 된 벽을 만들 수 있어서, 상대의 침공을 방해할 수 있다.

"우리는 망치를 하나만 들게요."

비장의 카드는 아껴두는 법이다.

그리고 메이플 일행이 기다린 지 15분.

　차례로 살기를 띤 플레이어가 뛰어 들어왔다. 파란색 장비를 걸친 중규모 길드 멤버들이 무시무시한 얼굴로 물밀듯이 밀려든 곳에서 기다리는 것은 네 명의 방어 전력.

　거리를 좁히기 전 마법부대의 면 공격으로 쓰러뜨리자고 생각한 그들은 예정대로 면 공격에 성공했다.

　하지만 폭염이 사라진 뒤에 나타난 것은 멀쩡하게 걸어오는 네 명과 한 플레이어의 빛나는 천사 날개였다.

　그들은 그것이 무엇인지 모르지만, 방패를 들고 큰 기술을 쓰는 그 플레이어가 막은 것이라고 보고 그쪽을 공격하러 갔다. 우선순위로 볼 때 대형망치를 장비한 두 사람은 나중으로 미뤄도 이상하지 않았다.

　"【수정벽】!"

　두 사람 사이를 빠져나가려는 플레이어들이 갑자기 나타난 수정벽에 격돌하여 비틀거렸다.

　그리고 그것은 치명적인 빈틈이 됐다.

　""【더블 스탬프】!""

　갑옷을 때리는 굉음이 울리고, 일격마다 플레이어가 사라졌다.

　선혈처럼 튀는 대미지 이펙트, 그대로 일격에 쓰러지는 동료들을 보고 그들은 인식을 바로잡았다.

　작은 체구와 로브 사이에서 슬쩍슬쩍 보이는 귀여운 옷. 그

차림에 어울리지 않는 거대한 망치와 공격력은 그들의 사고 회로를 정지시켰다.

【더블 스탬프】는 연타만 날리는 일반적인 스킬이고, 보통은 버틸 수 있는 대미지다.

마법공격이 또 날아왔지만, 여전히 대미지를 줄 수 없었다.

그사이에도 피하지 못한 플레이어들이 스러졌다.

그래도 숫자 면에서 압도적으로 유리하다는 것은 변하지 않았다.

따라서 아직 물러나지 않는다.

망치의 움직임이 느리고, 날개 스킬의 범위인 듯한 빛나는 지면에서 두 사람이 나오지 않는다는 사실. 또한 방의 넓이를 고려하면, 돌아서 이동하는 것도 가능하다고 판단했다.

"전원! 돌아서 가! 일단 저 날개 달린 녀석을 쓰러뜨려!"

그 지령에 겹치듯이 다른 지령을 보내는 목소리가 네 사람이 있는 쪽에서 울렸다.

"얘들아! 그걸 하자!"

""예!""

그것이 무엇인지 그들은 알 수 없었다.

그런 와중에 대형망치를 든 두 사람이 나란히 달리기 시작했다.

"【커버 무브】! ……【커버 무브】!"

메이플이 가속해서 두 사람을 따라왔다.

그리고 동시에 효과 범위를 알리는 필드가 순식간에 위치를 바꾸었다.

"멍청한 짓을……! 날개 달린 녀석을 해치워! 대미지가 두 배로 들어갈 거야!"

커버 무브는 그렇게 쓰는 게 아니라며, 적 길드의 방패 유저가 소리쳤다.

하지만 메이플에게는 이것이 가장 좋은 사용법이었다. 이 이동 덕분에 적 후위가 있는 곳까지 빛이 닿게 됐으니까.

다시 말해, 저 두 사람이 쳐들어온다는 소리다.

"이건……! 후, 후퇴해라!"

그렇게 말하며 위험한 두 사람과의 거리를 확인하려던 그는 태연하게 제일 뒤쪽에 있던 플레이어의 주위에 책장이 떠 있는 것을 발견했다.

"【그림자 묶기】."

조용히 중얼거린 그 말은 적을 모두 3초 동안 그 자리에 붙드는 힘을 가졌다.

"어……?! 아, 안 움직여!"

필사적으로 다리를 움직이려는 그들에게 드디어 두 개의 절망이 날아왔다.

휘두른 망치는 【마력장벽】을 돌파하는 것으로 그치지 않고 플레이어를 분쇄해 나간다.

영원 같은 3초가 끝났을 때는 후위가 괴멸하고, 지휘관은 쓰러지고, 선행했던 전위는 퇴로가 끊겼다.

　고작 몇 분 사이에 고작 네 명에게 괴멸당한 그들은 이해했다.

　오브는 포기하고 다른 길드를 덮치는 게 몇 배는 나았다고.

　이렇게 【단풍나무】는 결과적으로 자기들 이외의 길드들이 서로 싸우게 유도함으로써, 자신들의 안전 확보와 적 세력의 약화라는 두 가지 목표를 첫날부터 일찌감치 달성했다.

　그렇게 전투가 벌어지는 동안, 마찬가지로 가속한 시간 속에서 관전하는 마을이 있었다.

　이 마을 안에는 각 층에 존재하는 마을과 동급의 설비가 있고, 마을 곳곳에 배치된 모니터로 현황을 확인할 수 있다. 아이템 상점이나 메이플네 길드에 있는 훈련장 같은 곳도 어느 정도 있었다.

　전투 구역에 있는 플레이어는 외부와 일절 접촉할 수 없어지기 때문에, 여기에서 정보를 전할 수 없다.

　또한 이 구역에 있는 특수한 팔찌 형태의 아이템을 쓰면 한 번 밖에 나가도 시간 차이를 계산하여 마을로 돌아올 수 있게 되어 있었다. 물론 그동안에도 상황은 정신없이 변하기 때문에 일부러 관전하러 오는 플레이어는 도중에 퇴실하려고 하지 않았다.

또한 최종적으로 전투의 사망 횟수가 5회에 달하고 리타이어한 플레이도 여기로 보내진다.

"오오! 신나게 싸우고 있군."

"보기만 해도 충분히 재미있으니까 이게 잘한 것 같아."

"대규모 길드가 이길 테지만. 소규모에게 승산은 없어."

"그래……. 여기에 있는 건 우리처럼 길드에 안 들어간 녀석이나 애초에 참가하지 않은 길드가 대부분이지."

"소규모 길드로는 못 이기니까. 예외도 없겠지."

"대규모면 1위를 차지하는 건 【집결의 성검】이나 【염제의 나라】인가?"

"장난 아닌 상위진도 확정됐고, 운이 좋으면 어디가 더 센지 볼 수 있을지도!"

전체적으로는 화제에 오른 두 길드 중 어느 한쪽이 이긴다는 의견이 가장 많았다.

"아, 그렇지. 소규모 길드라면…… 거기는 어때? 【단풍나무】."

"그건…… 으음, 뭐라고 하는 게 좋을까, 미지수라고 할까. 이해하지?"

남자가 석연찮은 눈치로 말하자, 다른 남자도 고개를 끄덕였다.

"뭐, 대규모 길드에는 못 이기겠지."

"……그래. 대책도 생겼을 테고. 아니, 못 이겨, 못 이겨!"

그렇게 이야기하는 동안에 마침【단풍나무】의 영상이 나왔다. 자기들보다 많은 인원을 쉽사리 유린하는 모습이었다. 그걸 보던 플레이어들이 굳어버렸다.

"……설마."

"아니, 무리겠지. 응?"

"근데 장난 아닌 망치 유저도 늘었잖아! 저건 또 뭐야…….'"

그렇게 뭔가 이질적인 영상에 술렁대는 광장 따윈 모른다는 듯이 영상은 다른 것으로 바뀌었다.

그리고 그 상황을 만들기 위해 오브를 가져온 장본인인 사리는 절벽 밑에 보이는 소규모 길드를 살피고 있었다.

"어디…… 여기는 인원이 적어 보이네."

사리가 바위 사이에서 내려다보는 길드는 현재 플레이어가 다섯 명밖에 없었다.

메이플 같은 플레이어가 아닌 이상 혼자서 방어를 맡을 사람은 없다.

그렇다면 보통은 방어에 전력을 많이 할애하는데, 그러지 않은 것을 보면 이 길드는【단풍나무】와 크게 다를 것 없는 소규모 길드라고 예상됐다.

"좋아……. 해치우자."

사리는 바위에서 슬쩍 빠져나와 몸을 숨기면서 이동했다.

여럿이서 이동하면 분명히 들킬 장소지만, 혼자일 때는 조심해서 이동하면 쉽사리 들키지 않는다.

"오보로, 【순영】."

숨을 장소가 없어지자 사리는 모습을 감추었고, 다음 순간 거점 근처의 덤불에 숨었다.

가만히 엿들어 보니, 플레이어들은 아직 눈치채지 못한 모양이었다.

위에서 관찰했던 사리는 다섯 명 모두가 항상 위를 감시하는 게 아니라 한 사람만이 위를 보고 나머지는 걸어서 침입할 수 있는 샛길을 경계한다는 사실을 알고 있었다.

"자…… 해치울까."

사리는 덤불에서 조용히 모습을 드러내 위쪽을 감시하는 플레이어에게 단숨에 접근했다.

소리 지를 틈도 없이 쓰러뜨릴 수 있었지만, 사리는 일부러 조금 천천히 공격했다.

"저, 적이다!!"

플레이어는 그렇게 외친 직후에 사리에게 쓰러졌다.

그리고 위를 감시하던 플레이어가 적이라고 외쳤기 때문에, 나머지 네 명이 다급히 다가와서 위쪽을 보았다.

사리가 몸을 숨긴 덤불 바로 옆에서.

네 명의 주의는 위쪽에 쏠렸고, 사리가 몸을 낮추고 달려와 공격하는 것을 미처 알아차리지 못했다.

네 명의 레벨이나 장비는 사리보다 뒤지는 모양인지, 마지막 한 명이 한 차례 반격한 것 외에는 아무것도 하지 못했다.

"스킬도 보여주지 않았고, 괜찮네…… 이 길드에게 쫓겨도 괜찮겠고, 한 군데 더 갈까."

사리는 오브를 빼앗고 샛길을 따라 위로 돌아갔다.

사리는 이동하면서 맵을 확인하고, 주위를 경계하면서 재빨리 생각을 정리했다.

빼앗은 오브를 가지고 있기 때문에 방금 길드에 항상 위치를 들키게 되니까 오래 생각하는 건 위험하다.

"다음에도 소규모…… 아니, 거기는 조금 힘든가. 으음…… 더 멀리 탐색하는 편이 좋을까? 대규모 길드의 위치도 파악해 두고 싶고 말이지."

사리는 방침을 정하고 아직 탐색하지 않은 방향을 향해 뛰어갔다.

방어를 맡은 메이플 일행은 멋지게 그 역할을 다했다.

메이플이 보인 중요한 스킬은 【헌신의 자애】뿐이고, 또 그 스킬이 방어 관통 공격에 약하다는 것을 들키지 않았다.

모든 플레이어를 분쇄한 마이와 유이는 메이플의 옆에 주저앉았다.

"하아…… 하아…… 힘들다……."

"응…… 휴우…… 그래."

마이와 유이가 공격을 도맡아서 뛰어다녔기 때문에, 그 피로는 상당했다.

"뭐, 이제 한동안 오지 않을 것 같지만. 우리한테 이 정도로 당했으면 또 도전하진 않을 거야."

카나데의 말처럼 당한 사람들은 이미 탈환을 완전히 단념했다.

이제 막 첫날이 시작된 차에 한 번도 아니라 두 번 죽는 건 위험하다.

"세 사람은 정찰부대를 쓰러뜨리러 갔고, 사리는…… 꽤 멀리 있네."

메이플이 맵을 확인하면서 중얼거렸다.

사리의 아이콘은 길드에서 멀리 이동하고 있었다.

메이플은 맵을 닫고 숨을 내쉬었다.

"응, 휴식하자. 기습도 간단히는 못할 테고. 공격은 네 사람에게 맡겨야지."

메이플의 기대를 받는 네 사람 중 【단풍나무】의 브레이크 겸 보호자 담당인 세 사람은 예정대로 정찰부대를 처리하고 있었다.

"이즈의 이거, 편리하네."

"그렇지? 【도핑 시드】는 정말로 세."

【도핑 시드】란 이즈의 장비가 갖는 【새로운 경지】라는 스킬로 만들 수 있는 아이템이다. 효과는 한 스테이터스를 10퍼센트 상승시키는 대신 한 스테이터스를 10퍼센트 감소시키는 것이다.

한 번에 다섯 개까지 만들 수 있고, 효과 시간은 10분.

다만 어느 스테이터스에 영향을 주는지는 제조한 뒤에야 알 수 있기 때문에, 원하는 것을 만들려면 소재를 대량으로 써야만 한다.

이즈는 스킬 【심술쟁이 연금술】로 골드를 소재로 바꿀 수 있다. 그렇게 【도핑 시드】의 소재를 골드와 맞바꾸어 대량생산하고, 길드 멤버에게 필요한 시드를 준비했다.

이즈는 사리에게 【VIT】가 감소하고 【AGI】가 상승하는 도핑 시드를 열 개 주었다.

크롬은 【VIT】 상승과 【STR】 상승이고 감소는 【DEX】다.

카스미는 【STR】 상승으로 【INT】가 감소하는 시드를 가졌다.

카나데는 【INT】 상승에 【STR】 감소다.

메이플, 마이, 유이의 시드는 뭐가 감소하든 좋으니까 남는 걸로 문제없기에 이즈로서는 매우 고마웠다.

이것들을 전원이 쓸 만큼 생산하기 위해 이즈가 투자한 골드는 길드를 두 개 정도 만들 수 있는 레벨이었다.

"후훗······. 들어간 골드만큼은 일해 줘야겠어."

"물론 맡겨다오."

카스미가 【멀리보기】로 플레이어를 찾아내자, 세 사람은 일찌감치 집단을 쓰러뜨리러 갔다.

2장 방어 특화와 두 적.

카스미 일행이 정찰부대를 착착 처리할 무렵, 【단풍나무】에서 아득히 먼 곳에 있는 【집결의 성검】 거점에서는 프레데리카와 드라그가 방어를 담당하고 있었다. 제1회 이벤트 1위인 페인과 2위인 드레드가 세운 길드로, 거점에 있는 플레이어의 레벨과 숫자 모두 【단풍나무】와는 비교가 되지 않는다.

"아~! 나도 공격하고 싶어~!"

"어쩔 수 없잖아. 우리는 이동이 느리니까."

드라그의 말처럼 두 사람은 【AGI】에 별로 투자하지 않았다. 대략 190센티미터의 장신에 어울리는 거대한 도끼를 든 드라그는 빨리 전투를 벌이고 싶다는 듯이 도끼를 꺼내 들고 있었다.

【AGI】 특화인 정찰 겸 공격부대에 들어가지 못했던 것은 프레데리카도 마찬가지다. 금발 사이드테일을 흔들면서 드라그 쪽을 올려다보았다.

"방어라면 지루한 정도가 좋다고 생각하는데~."

"그런가?"

프레데리카는 그렇게 말하면서도 커다란 돌 위에 앉아서 심심한 듯이 다리를 흔들거렸다.

【집결의 성검】은 대규모 길드여서 방어에는 적합하지 않은 지형에 오브가 있다.

장소는 평지로 둘러싸인 바위밭으로, 바위밭까지 오면 시야를 가리는 것이 많고, 침입 경로도 많다.

오브가 있는 장소에 천장은 없고, 바위에서 뛰어내리는 식의 기습도 가능하다.

다만 근처에 동굴이 여러 개 있어서, 오브를 숨길 수 없더라도 쉴 수 있는 장소는 있었다.

그렇게 시간을 죽이던 두 사람에게 길드 멤버에게서 적이 쳐들어왔음을 알리는 연락이 왔다.

그것을 들은 순간 두 사람의 분위기가 변하고 찌릿찌릿한 위압감이 나오기 시작했다.

"숫자는~?"

"대략 60입니다! 이쪽의 방어를 뛰어넘는 숫자입니다!"

"호오, 크게 나왔잖아! 그거면 우리가 가는 편이 좋겠군. 희생을 줄이라고 페인이 시끄럽게 말했고."

"그래~……. 얼른 해치우자~."

"그럴까. 아, 그래……. 전원 물러나라. 우리가 해치우지."

"두, 둘이서 말입니까?"

"그래, 문제없어."

강하다고 방심하는 게 아니냐고 보고자는 생각했지만, 두 사람의 위압감에 져서 얌전히 물러났다.

두 사람이 최전선으로 향하자, 보고된 대로 60명 정도가 평지를 똑바로 달려오고 있었다.

"우리 감시부대는 우수하네~."

"그래."

드라그가 도끼를 짊어지고 60명의 플레이어를 바라보다가, 자신의 공격 범위에 들어온 순간 도끼를 휘둘렀다.

다만 드라그의 범위는 보통 도끼와 크게 달랐다.

"【땅가르기】!"

그 범위는 전방 20미터.

지면에 50센티미터 정도 깊이의 균열을 무수하게 만들어내어 적의 움직임을 막는 것이다.

전진하려던 때 균열이 생기면 발이 걸려서 균형을 잃는다.

그리고 드라그가 프레데리카와 함께 싸울 때 이 지원은 최대한의 효과를 발휘한다.

"【다중염탄】!"

프레데리카의 주위에 전개된 마법진에서 차례로 화염탄이 발사됐다.

그것들은 다리가 걸린 플레이어들을 차례로 격파했다.

프레데리카가 가진 특수능력은 【다중영창】이다.

사용하는 마법 3발 분량의 MP로 그보다 훨씬 많은 숫자의 마법을 발동한다는 반칙 같은 스킬인데, 사리와 싸울 때 보였던 【다중장벽】을 쓰면 방어능력도 높은 수준에 이른다.

　"【중돌진】!"

　프레데리카가 마법을 날리는 가운데 드라그가 돌진했다.

　그리고 휘두른 흉악한 도끼가 균열에서 간신히 탈출한 플레이어를 지면에 처박듯이 갈랐다.

　"간다! 【번 액스】!"

　불타는 도끼를 휘두르며 방어를 포기한 드라그는 빈틈투성이지만, 한편으로 화력이 높다.

　접근하는 자들을 계속 쓰러뜨리면 당연히 공격을 맞기 어렵다.

　공격이 최대의 방어인 셈이다.

　다만 이번 상대는 60명.

　아무래도 포위되면 사방팔방에서 공격을 받는다.

　그래도 여전히 드라그가 방어를 의식하는 일은 없었다.

　그러면 당연히 스킬과 공격이 펑펑 날아오게 된다.

　"【다중장벽】! 【다중수벽】!"

　하지만 그것들은 프레데리카가 차례로 펴는 방어벽에 위력을 잃어서, 드라그의 HP를 깎아내지 못했다.

　프레데리카가 지켜준다고 알기에 드라그는 방어를 의식할 필요가 없다.

"【그랜드 랜스】!"

드라그가 지면에 도끼를 꽂자, 드라그를 중심으로 여섯 개의 바위의 창이 지면에서 솟구쳤다.

아래에서 꿰뚫린 플레이어는 탈출하려고 버둥거린 뒤에 프레데리카의 마법 대미지도 겹쳐서 차례로 쓰러졌다.

"이 정도냐?! 흥!"

"【커버】!"

드라그의 도끼를 방패 유저가 막아냈지만, 그대로 날아가서 자기가 감싼 아군과 함께 지면에 쓰러졌다.

이것이 드라그의 또 하나의 스킬.

【넉백 부여】다.

드라그의 공격을 방어하면 날아가고, 그 몸에 맞으면 큰 대미지를 입는다.

"【중돌진】!"

추격타로 날린 도끼가 사정없이 HP를 빼앗았다.

한 번 쓰러지면 드라그의 추격타를 맞고, 그 충격에 일어서지 못하고 끝난다.

어떤 때라도 공격력은 정의다.

하지만 그걸 휘두를 만한 환경이 없으면 의미가 없다.

그 점에서 지원과 공격을 계속하는 프레데리카는 초일류의 후위겠지.

"【다중광포】."

프레데리카의 주위에 나타난 네 개의 마법진. 몇 초 뒤, 거기서 발사된 레이저가 플레이어를 감쌌다.

그들도 스킬로 응전했지만, 프레데리카에게 접근할 수 없기 때문에 유효타가 되지 않았다.

그들은 드라그에게 등을 보이며 프레데리카에게 달려갈 수 없다.

그것은 죽음을 의미하기 때문이다.

높은 공격력이란 것은 알기 쉽고, 또 빈틈이 없는 심플한 힘이기도 하다.

"""【워터 월】!"""

그들은 겁먹고 탈출하려고 움츠린 탓에 더욱 숫자가 줄었고, 열 명 정도 남았을 때 간신히 빈틈을 찾아내 전속력으로 달아났다.

드라그는 쫓아가려고 했지만, 적의 속도가 더 빠르다는 것을 이해하고 프레데리카에게 돌아왔다.

"후우……. 신나게 놀았군."

"여전히 사람을 거칠게 부리네~! 거칠다고! 항상 쓰러질 것 같거든!"

"아, 미안해. 하지만 도움이 됐지?"

"뭐, 그래. 드라그는 움직임을 알기 쉬우니까 지원하기 쉽고 말이야~."

둘이서 격퇴하겠다고 나선 그들에게는 분명히 강함에서 나오는 자만심도 있었겠지.

하지만 진짜 강자는 차원이 다르다.

그들은 그러고도 이길 수 있다.

"프레데리카도 그렇잖아. 어떻게 MP가 안 떨어지지? 응?"

"흐흥~! 비밀이야!"

프레데리카는 그렇게 말하더니 오브 쪽으로 걸어갔다.

드라그도 그 뒤를 따라갔다.

"그 사람들도 참 무모하긴~. 하다못해 우리 말고 다른 곳으로 하면 좋을 텐데."

"우리는 조금 전만 해도 동굴에 있었어. 그러니까 못 봤겠지."

"아…… 그런가. 그 사람들도 운이 없네."

"그래. 뭐, 나도 어디 공격 좀 가고 싶은데."

드라그는 또 어디서 전투를 벌이고 싶다고 투덜거렸다. 그러자 프레데리카도 이야기를 받았다.

"아, 나도. 【단풍나무】였나? 이번에야말로 마법 좀 맞히고 싶어~."

결투 때는 잘도 피하던 사리의 움직임을 떠올렸다.

"【다중염탄】을 다 피했다고? 대단하군. 소문이 맞았나."

"드라그도 조금만 더 피해 주면 좋을 텐데~."

"그건 나한테 안 맞아."

그런 소리를 하면서 두 사람은 거점으로 돌아갔다. 훌륭히 방어를 성공했다고 길드 멤버들에게 존경과 다소의 시샘을 받고, 다시금 오브 주위에서 이야기를 시작했다.

◆ □ ◆ □ ◆ □ ◆

【집결의 성검】의 오브를 방어하는 것이 프레데리카와 드라그라면, 드레드와 페인은 다른 진영의 오브를 빼앗으러 갔다는 뜻이다. 효율을 올리기 위해 드레드와 페인은 각자 다른 길드를 공격했다.

드레드는 30명의 동료를 데리고 오브를 두 개 입수하는 데 성공했다. 드레드는 장비한 두 자루 단검 중 하나로 장난을 치면서 맵을 확인했다.

드레드가 범위공격을 특기로 하지 않기 때문에 희생자가 몇 명 나왔지만, 누가 봐도 순조롭다고 할 수 있겠지.

드레드는 경장비로 회피에 중점을 두고 싸우는 타입이라서 혼자서도 완벽했고, 이번 이벤트에서는 주위 길드 멤버들이 드레드를 서포트하는 것이 기본이었다.

"하나 더 갈까……. 지루하지만."

그렇게 말하고 다음 표적으로 향하려고 고개를 돌렸을 때.

조용히 서 있는 한 플레이어를 발견했다.

그 모습을 본 드레드는 본능적으로 경계했다.

"……얘들아, 예정 변경이다. 모두 오브를 가지고 돌아가. 어서."

갑자기 그런 말을 들은 플레이어들은 당혹스러웠지만, 드레드의 분위기가 평소와 다른 것을 알자 시키는 대로 돌아갔다.

그렇게 전원을 보내자 로브 차림의 인물이 다가왔다.

드레드는 두 자루 단검을 뽑으면서 말했다.

"어디 보자. 너는 세군?"

"그럴까?"

"……나는 내 직감을 믿어. 그렇게 이겼지. 그러니까…….."

드레드는 숨을 내뱉고 집중력을 높이며 조용히 중얼거렸다.

"귀찮지만…… 여기서 뭉개야겠어."

"나도 여기서 당신과 만날 줄은 몰랐지만."

그렇게 말하며 로브 차림의 인물, 사리가 파란 두 자루 단검을 뽑았다.

그것을 본 드레드가 눈을 가늘게 떴다.

"……칫. 프레데리카가 보고했던 내용보다 더 위험하겠는데."

그렇게 투덜거리는 것을 사리는 놓치지 않았다.

사리는 그걸로 방침을 정하고 드레드에게 달려갔다.

우연히 마주친 두 괴물의 전투가 시작됐다.

드레드도 사리도 공격 스킬은 쓰지 않는다.

궤도가 정해진 스킬의 발동은 빈틈으로 이어지기 때문이다.

애초에 단검을 두 자루 쓰는 자는 회피가 어느 정도 가능해야 전투를 벌일 수 있다.

사리의 공격을 드레드는 튕겨냈고, 드레드의 공격은 사리가 여유롭게 피했다.

드레드가 움직임이 더 빠르기 때문에 공격 횟수가 더 많고, 사리에게 반격을 허용하지 않았다.

"【초가속】!"

그 상태에서 먼저 승부를 건 것은 드레드였다.

가속한 상태에서의 공격에 사리의 회피가 한발 늦어진 순간, 드레드가 파고들려고 했다.

"……?!"

하지만 드레드는 단검을 찌르려던 찰나에 갑자기 움직임을 바꾸어서 물러났다.

"……감, 인가?"

"이걸 의심하면 나도 끝장이지."

드레드가 돌진을 멈춘 이유는 감에 불과하다.

사리는 자기와 또 다른 회피의 기술을 보았다.

드레드는 거리를 벌린 채로 사리를 바라보았다.

"역시 여기서 쓰러뜨려야겠다고 생각했으니까 말이지…….
【신속(神速)】!"

드레드의 별명이기도 한 그 스킬은 말 그대로 신의 속도에 달하는 힘.

신의 속도를 인간이 인식할 수 없다는 식으로 설정된 힘은 10초 동안 모습을 감춘다는 것이었다.

"……헤에."

사리는 정보 수집으로 그 스킬에 대해 알고 있었다.

드레드가 스킬을 숨기지 않았던 이유는 하나.

알고 있다고 해서 대응할 수 있는 것이 아니기 때문이다.

극소수의 플레이어를 제외하고 대응할 수 있는 이는 없다.

다만 사리는 그 극소수다.

"【유수(流水)】!"

사리는 보이지 않는 드레드를 소리와 바람의 흐름으로 찾아 내고, 일부러 치명적인 틈이 되는 부분을 만들어 공격을 유도 했다.

그리고 프레데리카에게 보여주었던, 본래 존재하지 않는 그 스킬을 외치며 멋지게 단검을 튕겨냈다.

"【도약】!"

사리는 뒤로 물러나서 거리를 벌리고 다시금 접근할 방향을 찾는 시간을 얻었지만, 드레드는 아무리 기다려도 나타나지 않았다.

"……돌아갔나. 뭐, 【유수】를 보여주었으니 잘됐어."

프레데리카와 드레드가 같은 길드라고 확신한 사리는 정보 의 신뢰성을 더 부추길 수 있었던 것만으로도 다행이라고 생 각했다.

"……드레드에게 공격을 맞히려면 고생 좀 하겠네. 감……음, 나라면 공포심일까? 직감으로 위험을 감지한단 말이지."

사리는 감을 센서로 삼아서 공격을 피하는 드레드의 기술을 연습해 볼까 생각하면서 다음 길드를 찾으러 갔다.

드레드는 먼저 돌려보낸 집단을 쫓아가면서 생각했다.

"【유수】…… 그걸 빼더라도 회피가 뛰어나. 게다가 그 감각은……."

드레드가 이 게임 안에서 그 모습을 보고 흠칫한 플레이어는 단 두 명.

하나는 페인, 또 하나는 메이플.

"그 녀석들과 동격이라고 생각한다면…… 나는 왜 살아남았지?"

사리에게는 아직 숨겨진 힘이 있고, 방금 승부에서는 힘을 다 쓰지 않았다.

그게 아니라면 오싹할 정도로 강하게 느껴질 리가 없다.

거기까지 생각했을 때 드레드는 생각하기 귀찮아졌다.

"돌아가거든 페인에게 말해 볼까. 두뇌는 내가 담당할 깜냥이 아니야."

그리고 일단 생각을 포기한 뒤에 드레드는 머리를 긁적이며 눈을 가늘게 떴다.

"페인에게 우리 페이스로 잡으러 가자고 제안해 볼까."

그것은 명확히 적을 쓰러뜨리려는 자의 눈이었다.

우연히 마주친 두 사람은 각자 중요한 것을 손에 넣었다.

드레드는 프레데리카에게 들었던 사리와 직접 만난 사리 사이에 있는 위화감을.

사리는 【유수】가 존재한다고 한층 더 깊은 믿음을 주는 데 성공했고, 무엇보다도.

더 높은 회피 기술로 올라가는 실마리를 손에 넣었다.

다음 성장으로 이어지는 체험을 한 사리는 그 뒤로 이름 없는 소규모 길드를 하나 격파했다.

절벽 아래에 있는 길드를 처리하고 얼마 뒤에 드레드와 만난 사리는, 그 사이에 또 하나의 길드에서 오브를 빼앗았다.

즉 사리는 지금 오브를 세 개 가지고 있다.

그렇다면 슬슬 한 차례 【단풍나무】로 돌아갈 때다.

"슬슬 처음에 빼앗은 오브의 득점이 들어올 때인가."

이 이벤트가 시작되고 몇 시간이 지나는 동안 몇 차례 전투가 일어났다.

당연히 대규모 길드가 가장 높은 전과를 올렸지만, 중규모 길드도 전략을 구사해 대항했다.

소규모 길드는 한 곳을 제외하고 열세였다.

시간 가속 중인 필드 내 시작 시간은 정오.

조금만 더 지나면 해가 지기 시작한다.

밤은 지금처럼 시야가 좋지 않기 때문에, 각 길드의 공격은 한층 더 거세지겠지.

당연히 사리의 습격도 어둠 속을 틈타서 대담해진다.

"얼른 돌아가자."

사리가 서둘러 돌아오는 가운데.

메이플 일행은 【단풍나무】로 들어온 플레이어를 쓰러뜨리고 있었다.

들어온 플레이어가 세 명이었기 때문에 마이와 유이가 쇠구슬 투척으로 쓰러뜨렸다.

""메이플 씨! 새 스킬이 들어왔어요!""

"어! 그거 대단하네!"

마이와 유이는 자기들의 스킬을 메이플에게 숨길 마음이 없는지 스킬명과 취득 조건, 효과를 가르쳐주었다.

【비격(飛擊)】
떨어진 적을 충격파로 공격한다.

취득 조건
【투척】으로 일정 횟수 결정타를 가한다.

효과는 그 이름과 같아서, 즉 검을 휘두르면 참격이, 해머를 휘두르면 원형의 충격이 똑바로 날아가는 것이다.

본래 공격보다 위력은 떨어지지만, 마이와 유이라면 그렇게 떨어진 위력으로도 즉사할 레벨이다.

"다음 전투에서 써 볼래?"

"그만둘래요. 비장의 카드는 숨겨 두는 게 좋다고 사리 씨도 그랬고요. 조금 더 안에서 시험해 보는 걸로 끝낼게요."

"그럼 다녀와도 돼."

마이와 유이는 오브 방어에서 벗어나 새로운 스킬을 시험해 본 뒤에 곧 돌아왔다.

도움이 되고 싶다는 의지가 확실히 느껴지는, 의욕이 넘치는 눈이다.

"얘들아, 사리와 크롬이 이쪽으로 오는 모양이야."

카나데가 맵을 확인하면서 말했다.

카나데는 마도서를 【그림자 묶기】만 썼고, 메이플은 【헌신의 자애】로 서포트를 메인으로 하면서 밤을 대비할 수 있었다.

이것도 저것도 마이와 유이가 애써 준 덕분이다.

다만 두 사람 다 슬슬 지치기 시작할 무렵이었다.

플레이어를 쓰러트릴 때마다 앉아서 쉬는 모습을 보면 이제 한계인 거겠지.

"사리도 돌아오고, 크롬 씨도 돌아오고, 두 사람은 일단 쉬어. 피곤하지?"

메이플이 그렇게 말하자, 두 사람은 순순히 따라서 안쪽으로 들어갔다.

마음만 가지고는 몸이 움직이지 않는다.

때로는 쉴 필요가 있다.

"카나데는 안 쉬어도 돼?"

"나는 거의 움직이지 않았으니까."

그렇게 메이플이 카나데와 잠시 이야기를 나누자 크롬이 돌아왔다.

"카스미와 이즈는 소규모 길드를 공략 중이야."

"둘이서 괜찮을까……."

"그래, 이즈가 열심히 폭탄을 만들어서 카스미가 동굴 안으로 굴려 넣고 있어. 조금만 있으면 끝날걸."

그런 전략은 이즈만 쓸 수 있다. 가령 달리 가능한 플레이어가 있더라도, 마찬가지로 동굴에 거점이 있는 메이플이 폭격을 맞아 봤자 폭음만 시끄럽고 멀쩡할 것이다.

"그래서 방어로 돌아온 거야."

"마이와 유이가 많이 지쳤으니까…… 고마워요!"

게임 안에서 각각 1위와 2위 방패 유저가 지키고 있다.

단둘이라도 그 터프함은 압도적이다.

방어를 안심하고 맡길 수 있기에 공격에 전념할 수도 있다.

그러니까 카스미와 이즈는 시간을 들여서 확실하게 길드를 공략하는 선택이 가능하다.

"자, 계속 굴려."

"음, 맡겨다오."

대형 폭탄.

공방에서만 생산 가능한 것을 이즈라면 어디서든 만들 수 있다.

소재는 돈으로 만들 수 있다. 자금은 있는 대로 모았기 때문에 대형 폭탄을 대량으로 만들어도 아직 여유가 있다.

카스미는 차례로 건네받은 폭탄을 비탈진 입구로 던져 넣었다.

그것은 비탈을 데굴데굴 굴러가더니, 잠시 뒤에 폭음을 내었다.

그리고 처음에는 들려오던 비명도 차차 작아졌다.

"……끝났나?"

"내가 선두로 들어가지."

카스미는 이즈를 지키듯이 칼을 들고 비탈을 내려갔다.

그 앞에 있는 방은 폭발로 탄 흔적이 지면에 드문드문 남아 있었다.

가까스로 살아남은 한 플레이어가 비틀비틀 일어서서 검을 들었다.

"【제1의 검 · 아지랑이】"

달려서 접근하고 스킬로 순간이동하여 눈앞에 나타난 카스미에게 베였다.

"휴우……. 역시 사리가 이상할 뿐인가."

사리는 이것을 웅크려서 피했지만, 몇 번을 해도 이 공격을 피하고 카운터로 이은 사람은 사리밖에 없었다.

견실하게 쓰러뜨리는 것이 크롬과 카스미의 장점이다.

【단풍나무】 안에서 가장 평범한 카스미는 기책을 쓰지 않기 때문에 특히나 안정적이다.

이길 수 있는 것에게는 확실히 이긴다. 약점을 찔리는 일이 기본적으로 없기 때문이다.

이즈나 크롬을 놀라게 하지 않는 플레이어다.

물론 적이 보자면 충분히 놀랍기 그지없을 만큼 강하지만.

"자, 오브를 빼앗고 돌아갈까. 부활하면 귀찮고."

"그래. 그렇게 하자."

카스미는 오브를 챙겨서 길드로 돌아가기로 했다.

확실히 하나씩 성과를 거두고 돌아감으로써, 사고가 나지 않게 노력하는 것이다.

현재는 대규모 길드와 특수한 소규모 길드 하나가 정상을 다투고 있고, 대규모 길드 중에서는 세력이 큰 【집결의 성검】과

【염제의 나라】가 앞서 있다. 그걸 쫓아가는 형태로 【단풍나무】가 뒤를 따르고 있다.

【염제의 나라】는 나무가 드문드문 있는 초원지대에서 오브를 지키고 있었다.

거기에 있는 것은 제1회 이벤트 8위인 【트래퍼】 마르크스와 10인 【성녀】 미저리였다.

미저리는 범위회복의 전문가지만, 범위공격도 특기다.

치유도 파괴도 자유자재란 소리다.

마르크스는 제1회 이벤트에서는 덫을 사용했던 것을 잘 숨겼지만, 나중에 길드 멤버가 말했던 내용이 우연히 프레데리카에게 유출됐다.

길드 멤버가 불어나면 이런 문제도 있다.

사람의 입에 자물쇠를 채울 수 없다.

【트래퍼】라는 별명을 가진 마르크스의 특기는 덫처럼 설치 가능한 마법을 사용하는 것이다.

그 종류는 연막을 발생시키는 것이나 불기둥을 일으키는 것 등 다양하다.

그것들은 아군에 속하지 않는 자, 즉 길드 멤버나 파티 멤버가 아닌 자가 범위가 들어갈 때 발동한다.

사전에 설치할 필요가 있기 때문에 공격에는 쓰기 어려워서 방어를 맡게 됐다.

제1회 이벤트 4위인 【염제】 미이와 7위인 【붕검】 신은 각각 공격을 맡았다.

"괜찮을까……. 덫을 돌파당하지 않을까?"

"괜찮아요. 게다가 돌파당해도 든든한 멤버들이 있어요."

그 자리에 있는 길드 멤버는 그 말을 듣고 너희들이 든든하다는 시선을 보냈다.

"걱정이네……. 오브를 빼앗기면 야단맞을 거야……."

그렇게 말하며 오브 주위를 걸어다니는 마르크스. 그 걱정과 달리 그가 설치한 덫은 맹위를 떨치고 있었다.

덫은 발동할 때까지 눈에 보이지 않고, 발동했을 때면 이미 회피할 수 없다.

그리고 설치된 양이 많고 설치 위치가 교묘하기 때문에, 플레이어들은 신나게 당했다.

불기둥이 솟거나 굉음이 울리는 방향에서 플레이어가 온다는 것을 알 수 있기 때문에 방어도 간단해진다.

"봐요, 이번 습격자도 너덜너덜해졌잖아요. 덫이 잘 먹히고 있어요."

"그래……. 그럼 안심이야."

덫에 걸렸던 플레이어들은 미저리의 회복 서포트를 받는 길드 멤버들이 쓰러뜨린다.

그것이 끝나면, 마르크스는 호위를 데리고 다시금 덫을 설치하러 가는 것이다.

"어어……. 여긴가. 으음……, 다음은 여기……?"

중얼거리면서 조심조심 덫을 설치하는 그 모습을 보면, 어떻게 이런 걸로 플레이어들은 그렇게 쓰러뜨릴 수 있는지 신기하다.

적당히 설치하는 것처럼 보이지만, 플레이어들은 아주 간단하게 덫에 걸리는 것이다.

한마디로 말하자면 재능이겠지.

사리가 회피에 뛰어난 것처럼, 메이플이 뭔가를 발견하는 것처럼, 드레드가 감을 센서로 삼은 것처럼.

대부분의 상위 플레이어는 이해할 수 없는 뭔가를 가지고 있다.

마르크스의 덫 설치 능력도 그런 것 중 하나로, 일종의 감.

그렇다. 센스가 뒷받침하고 있다.

마르크스는 덫을 다 설치하고 오브 근처로 돌아왔다.

덤벼드는 플레이어도 서서히 줄어들고, 마르크스는 간신히 안심할 수 있게 되어서 한숨 돌렸다.

"누가 옵니다!"

미저리의 목소리에 벌떡 일어난 마르크스가 미저리가 가리키는 방향을 보자, 연속해서 불기둥과 폭염이 발생하고 있었다.

"내가 보고 올게요!"

어째야 하나 당황하는 마르크스를 놔두고 미저리가 길드 멤버 다섯 명을 데리고 화급히 현장으로 향했다.

그곳에는 로브를 두른 인물이 한 명 있었다.

미저리는 그곳에서 일어나는 광경에 자신의 눈을 의심했다.

그 인물은 덫을 밟은 뒤 마치 덫이 있는 것을 아는 것처럼 민첩하게 회피했다.

"으음……. 공포 센서, 더 정확하게 하고 싶은데…… 여기서는 좀 어려울까."

그런 소리를 중얼거리더니, 로브를 두른 인물은 그 자리를 떠났다.

"……살았네요."

"뭐, 뭐였죠?"

"진짜…… 무슨 괴물이죠. 스킬? 아니면 선천적인……?"

그냥 가 줘서 고맙다고 중얼거리고 마르크스에게 돌아온 미저리는 그 뒤로 불안해하는 마르크스가 덫을 재설치하는 데 동행했다.

"이 근처일까……. 아니, 또 돌파당할지도……. 으으으."

"괜찮아요. 그 플레이어가 상식을 벗어났을 뿐이에요."

"그런가……."

그렇게 말하는 동안에도 반대쪽에서 불기둥이 치솟아 플레이어가 쓰러졌다고 전해 들은 마르크스는 조금 진정된 모습으로 설치 작업을 진행했다.

◆ ☐ ◆ ☐ ◆ ☐ ◆

【염제】의 이름을 가진 여성.

미이는 집단의 선두에 서서 검을 든 적에게 다가갔다.

"비켜. 그러면 안 죽을 수 있어."

찌릿찌릿한 분위기가 강해지는 가운데 미이의 목소리가 울렸다.

다만 오브를 지키는 자들은 받아들일 수 없는 제안이다.

"쳐라!"

전위가 미이를 향해 달려갔다.

미이의 무기는 지팡이.

복장은 붉은 망토가 인상적이지만, 후위인 까닭에 방어력이 낮다.

"【염제】."

조용히 울린 그 목소리에 호응하여 미이의 주위에 직경 1미터의 불덩어리 두 개가 나타났다.

양손의 움직임에 연동하는 불덩어리는 그 위력으로 적을 쓰러뜨렸다.

후위인 미이가 선두인 이유는 그래야 가장 공격력을 발휘할 수 있기 때문이다.

말 그대로 특급 화력으로 적을 태워버리는 것이다.

"어리석어. 실로 어리석어."

여유를 가지며 적을 없애는 그 모습에서는 카리스마가 엿보였다.

"【분화】."

지면이 폭발하고 불기둥이 솟구쳤다.

화염을 자유롭게 다루는 미이는 그 성질상 화려한 일격이 많다.

그것은 미이의 힘을 뇌리에 남기고, 적을 한층 위축시킨다.

"【폭염】."

그리고 공격을 거듭하며 다가온 자에게는 넉백 효과가 강한 폭풍이 덮쳤다.

그 자리에서는 압도적인 힘의 차이가 있었다.

다만 연비는 아주 안 좋다.

화려한 마법은 소비도 큰 게 당연하다.

그렇기 때문에 뒤에 있는 20명은 인벤토리에 MP 포션을 가득 채워서 왔다. 말하자면 보급부대.

"하아…… 이 정도인가. 이걸로 끝이다."

마지막 한 명을 태워버린 뒤에 불덩어리도 사라졌다.

"MP 포션입니다."

"그래."

미이는 MP 포션을 받아 MP를 회복시키고 한숨 돌렸다.

"오브를 회수해라."

"예."

미이는 가만히 눈을 감고 달성감에 잠겼다. 그것이 치명적인 미스였다.

미이가 길드 멤버 스무 명을 데리고 발견한 길드를 없애려던 것을, 돌아간다 돌아간다 하면서도 딴짓만 계속하던 사리가 몰래 지켜보고 있었다.

"끄아아악?!"

미이가 무슨 일인가 싶어 눈을 떴을 때는 이미 오브를 회수했던 플레이어가 빛이 되어 사라지고, 로브를 입은 플레이어가 그 오브를 빼앗아 달려가는 참이었다.

"큭! ……녀석은 강해. 나는…… 알아. 오브를 가지고 먼저 돌아가, 전멸할 수도 있어!"

카리스마를 발휘한 호령은 길드 멤버들에게 잘 전해져서, 그들은 이미 입수한 오브를 가지고 돌아갔다. 그걸 확인한 뒤 미이는 곧바로 로브 차림의 인물을 쫓아갔다.

"【플레어 액셀】!"

미이는 발밑에서 폭염을 일으키면서 가속하여 그 인물을 쫓아갔지만, 잠시 뒤에는 그 모습을 완전히 잃어버렸다.

왜냐면 로브를 입은 인물, 즉 사리가 골목에서 【순영】을 썼기 때문이다.

추적 대상이 갑자기 사라져서 미이가 주변을 확인하는 사이에, 사리는 그 자리를 이탈했다.

그런 사실을 모르는 미이는 열심히 주변을 찾은 끝에 그 자리에 털썩 주저앉았다.

"아아…… 실패했어……. 다들 미안해……."

그 자리에는 아까와 전혀 다른 분위기를 띤 미이가 있었다.

카리스마는 전혀 없고, 자기 실수를 힘없이 반성하는 모습이 있을 뿐이었다.

"그런 연기는 안 하는 게 좋았는데……."

그렇다. 아까의 미이는 자기가 만든 캐릭터를 연기하고 있었을 뿐이다.

강력한 스킬을 입수해서 어쩔 줄 몰랐던 참에 주목을 받게 됐고, 미아 자신은 평소의 약한 모습을 보여주는 게 부끄러워서 그런 행세를 시작한 것을 지금도 후회하고 있다.

미이가 느낀 달성감이란, 다시 말해 이번에도 본모습을 들키지 않았다는 것에 대한 달성감이다.

"우우…… 최악이야…… 제길, 어디 길드 하나쯤 뭉개고 돌아가야지."

이건 거의 화풀이다.

다만 이걸 실행할 만한 힘이 미이에게는 있다.

그리고 사리를 찾으러 돌아다닐 때 발견한 중규모 길드가 대충 적당한 숫자라는 것도 알았다.

"하나는 가지고 돌아가야지……. 그 로브 입은 녀석, 다음에 만나면 꼭 태워버릴 거야."

이렇게 폭염과 함께 중규모 길드에 돌진한 미이는 지면에서 불기둥, 하늘에서 불덩어리, 덤으로 마르크스에게 받은 【특제 마비 덫】도 하나 써서 혼자서 그 길드를 짓밟았다.

이게 가능한 것은 미이가 화력 면으로 뛰어나기 때문이지, 제각기 장단점이 있기 때문에 제1회 이벤트의 10위권 이내 플레이어라고 전원 다 할 수 있는 건 아니다.

안정되게 가능한 것은 미이 외에 페인과 메이플 정도겠지.

미이는 오브를 챙기고 폭염과 함께 【염제의 나라】로 돌아갔다.

"어서 와, 미이."

오브 주위를 걸어다니던 마르크스가 돌아온 미이에게 반응했다.

오브를 되찾으러 갔다는 이야기를 먼저 복귀한 플레이어에게 들었는지, 그 점을 언급했다.

"새로 오브를 하나 빼앗았다. 빼앗긴 건 못 찾아왔군. 미안하구나."

혼자서 길드 하나를 쳐부쉈다는 사실은 몇 번 들어도 대단해서 술렁거림이 일었다.

"조금 있다가 또 나가마. 준비해 둬라."

"""예!!"""

기운찬 대답을 듣고, 미이는 속으로 사실은 가고 싶지 않다고 생각했다.

사리는 이번에야말로 【단풍나무】로 돌아가기로 했다.

가지고 있는 오브를 빼앗기면 단숨에 그 길드의 득점이 올라가기 때문에, 아무래도 위험하다고 판단한 것이다.

"마지막 하나는 행운이었어."

마침 미이가 눈을 뗀 덕분에 방심한 틈을 찌를 수 있었다.

"첫날에 움직일 수 있는 만큼 움직여야지……."

메이플과 함께 이기기 위해서 사리는 한계까지 활약할 생각이었다.

이 무렵이 되자, 길드에 들어가지 않은 플레이어를 위해 임시로 만들어진 길드에서 마음껏 놀다가 다섯 번 죽은 플레이어들도 관전구역에 섞이기 시작했다.

그들은 어떻게 죽었는지를 이야기하고 있었다.

"아니, 그래도 좀 이르지 않아?!"

"애초에 임시 길드가 이기는 건 어려운 거야! 강자를 이 눈으로 보고 왔어……."

"목적이 이상하지 않아……? 한 명 정도는 잡았어?"

그 말에 남자는 시선을 내리고 눈을 피했다.

"아니…… 일반인에게는 어려운 일이었을까."

그렇게 말하자, 다소 괜찮은 대답을 기대했던 이들이 아쉽다는 듯이 한숨을 내쉬었다.

"너는 영웅이 될 수 없었어."

한 명이 보란 듯이 슬픈 표정을 하더니 어깨를 두드렸다.

"으음, 무리일 건 알았지만! 알고 있었지만! 그건 어쩔 수 없어! 페인을 공격했는데 완전히 흘려버리더라고. 솔직히 빈틈이 없어. 등에 눈이 달렸나 싶을 정도로 빈틈이 없어. 하다못해 일격이라도 넣었으면 재미있었겠지만."

그런 소리를 하면서 이야기를 이어나갔다.

"등에 눈이 있다면 사리? 였나?【단풍나무】의 그 녀석. 나는 녀석에게 한 번 당했어."

"아, 배회 보스?"

그 말을 듣던 플레이어는 제2회 이벤트를 떠올리면서 그런 소리를 했다.

"이번에는 배회하지 않아. 내가 숲을 걷고 있는데 나무 위에서 슥 내려와서 목을 따더라고."

"……닌자의 후예라도 되나?"

"그런 걸 보면 참~. 더 다양한 움직임을 시험해 보고 싶어진 단 말이지. 후련한 심정으로 죽었지."

남자는 기억을 떠올려 봐도 참 깨끗한 솜씨였다는 소리를 했다.

화제에 오른 것도 있어서 랭킹에도 시선이 모였다.

"【단풍나무】는…… 뭐, 소규모 길드 중에서는 톱인데."

"상위는 힘들겠어. 뭐, 머릿수도 적으니까."

그런 식으로 이번에는 누구한테 당했네, 그 대규모 길드의 전략은 어쩌네 하는 식으로 탈락자들에게 여러 이야기가 나왔다.

사리는 무사히 【단풍나무】로 돌아왔다.

"나 왔어."

사리가 돌아왔을 때는 마침 마이와 유이가 요격에 쓴 쇠구슬을 줍고 있는 중이었다.

메이플도 도우려고 했지만 전혀 전력이 안 되는 것을 떠올리고 체념했다.

카스미가 간신히 들 수 있을까 말까 한 무게니까, 메이플이 들 수 있을 리가 없다.

"아! 어서 와, 사리!"

"자, 오브가 네 개!"

""“오오!!”""

스텟 올인한 3인조에게서 환성이 일었다.

이걸 지켜내면 포인트는 단숨에 증가한다.

세 사람의 환성을 들었는지, 안쪽에서 크롬과 카나데가 나왔다.

그리고 조금 뒤에 다시금 정찰을 나갔던 카스미와 이즈가 돌아왔다.

빼앗은 오브는 총 8개.

그중 세 개는 세 시간의 방어에 성공해는 원래 길드로 돌아갔다.

처음에 사리, 카스미, 크롬이 입수한 오브와 사리의 기습으로 중규모 길드에서 빼앗은 두 개의 오브가 그것이다.

카스미와 이즈가 가져온 오브와 사리가 가져온 오브.

총 다섯 개와 아군의 오브를 방어할 필요가 있기 때문에, 방심할 수 없는 상황이란 건 변함이 없다.

다만 그것을 지키는 것은 게임 최강의 방패다.

그걸 깨뜨릴 수 있는 플레이어는 한 손으로 꼽을 수 있는 정도겠지.

"아, 그렇지! 나는 오브만 훔쳐온 거니까 조만간 빼앗으러 올 거야. 소규모뿐이지만."

"정말이지 몇 번 들어도 믿기지 않는 짓을 하네……."

카나데가 중얼거렸다.

"오, 뭐도 제 말 하면 온다고."

크롬이 무기를 뽑고 입구를 바라보았다. 거기서 차례로 돌입해오는 플레이어는 명백히 소규모 길드 하나 정도의 숫자가 아니었다.

소규모 길드가 열세인 가운데, 즉석 동맹이 완성된 것이다.

아슬아슬하게 배신의 메리트가 존재하지 않는 상황이니까, 오브를 빼앗을 수 있을 때까지 서로 이용하는 것이다.

쳐들어온 이들의 눈에 비친 것은 여섯 개의 오브.

그리고 여덟 명밖에 없는 플레이어.

즉석 연합군은 연계가 썩 잘되지 않지만, 총 50명의 플레이어가 있다. 압도적인 물량의 차이.

또한 보물의 산을 눈앞에 두고 사기도 높았다. 적을 쓰러뜨린 뒤에 아군이었던 자들을 쓰러뜨릴 계산을 냉정하게 시작하는 이도 있었다.

그래, 이 얼마나 행운인가.

고작 여덟 명을 쓰러뜨리면 오브 여섯 개를 통째로 차지할 수도 있다.

이런 기회는 두 번 다시 찾아오지 않을지도 모른다.

전원이 고함을 지르며 돌격했다.

마법이 날아다니고 흙먼지가 일었다.

핏발 선 눈으로 달리는 그들과 대조적으로 여덟 명은 느긋하게 잇었다.

"여덟 명이서 싸우는 건 처음이던가?"

"전원이 전투에 임하는 건 처음인가? 이즈 씨라든가."

"메이플, 그거 부탁해."

크롬이 그렇게 말한 것만으로 다들 '아하, 그건가'라고 이해했다.

애초에 이 이벤트에서 메이플의 역할은 이것뿐이다.

"오케이! 【헌신의 자애】!"

"예이, 【힐】."

줄어든 메이플의 HP는 카나데가 즉각 회복시켰다. 빈틈은 없다.

메이플의 전진에 맞추어 일곱 명이 진군한다.

정면에서 충돌한 양군이 서로 무기를 휘둘렀다.

마이와 유이가 여기저기서 날아오는 공격을 차례로 맞았지만, 두 사람이 쓰러지는 일은 없었다.

""【더블 스탬프】!""

굉음과 함께 날아가는 플레이어를 보고 마이와 유이에게서 떨어진 플레이어를 덮친 것은 도끼와 칼이었다.

"으랴!"

"흡!"

두 사람의 공격을 버티고 피하면서 오브를 먼저 노리려던 이들은 약삭빨랐다.

하지만 빛나는 지면의 범위에서 벗어나서 오브로 달려가던 이들에게 쏟아진 것은 폭탄의 비.

"어라, 못된 아이구나? 오브만 노리다니."

이즈도 메이플이 옆에 있으면 전투원이나 다를 바 없다.

충분할 만큼 위협이 된다.

그걸 억지로 빠져나간 자는 곧바로 카나데의 도서관으로 초대받는다.

"【패럴라이즈 레이저】."

카나데가 쏜 저위력, 고확률 마비 레이저가 공간을 수평으로 훑었다.

추가효과가 강력하기 때문에 범위가 좁다는 것을 제외하면 문제없다.

다만 카나데가 쓰러뜨리지 않더라도 뒷정리를 해 주는 플레이어가 있다.

"끄……억!"

"제, 제길!"

레이저를 맞은 플레이어가 신음을 흘리면서 도망치려고 했지만, 움직임은 느렸다.

"예이~, 잘 가."

그들에게서 오브를 빼앗은 장본인.

사리의 손에, 카나데가 움직임을 막은 플레이어는 길드로 강제귀환했다.

이러는 동안에도 사리와 카스미, 마이와 유이, 전위 딜러들에게 쓰러진 사람들이 속출했다.

어느 틈에 연합군은 붕괴하고, 마음이 꺾인 자부터 차례로 패주하기 시작했다.

다만 그 와중에도 한 방 먹이려는 자도 분명히 있었다.

"【도약】!"

크롬과 카스미의 사이를 빠져나간 플레이어는 이미 살아남을 생각이 없었다.

그리고 천사의 날개를 가지고 전위를 지원하는 플레이어에게 한 방 먹이려고 검을 휘둘렀다.

"【디펜스 브레이크】!"

"【피어스 가드】!"

방어 관통 스킬에서 관통 효과를 없앤다. 그것은 엄청나게 대단한 일이었다.

검과 말을 내리치듯이 휘두른 혼신의 일격은 너무나도 무자비한 선언에 그 효력을 잃었다.

날아오는 두 개의 망치의 기척을 등 뒤로 느끼면서 그 플레이어가 마지막에 본 것은 후드를 깊이 눌러써서 확실히 보이지 않았던 플레이어의 얼굴이었다.

"메이플인가…… 실수했군."

그는 체념과 함께 중얼거리고, 그 등에 망치를 맞았다.

남아 있던 플레이어들은 모두 오브를 건드리지도 못했다.

완전 패배라고 할 수 있다.

하지만 그들은 운이 좋았다. 그들은 사상 최초로 메이플 일행 여덟 명의 전투를 목격하고 체험했다. 이벤트가 끝났을 때는 자랑스럽게 말할 수 있을지도 모른다.

게임 안에서 가장 두려운 파티와의 전투를 체험했다고.

그런 가운데 하늘은 차츰 어둠에 휩싸이고, 드디어 야습과 암살이 만연하는 첫날 밤이 찾아왔다.

3장 방어 특화와 밤.

쑥 꽂힌 단검에 또 한 명의 플레이어가 빛으로 변했다.

날이 저물고 세 시간.

메이플 일행은 어렵잖게 오브를 지키고 포인트를 더욱 늘렸다.

일찌감치 공격에 나선 사리는 다시금 필드를 뛰어다녔다.

세 시간 동안 빼앗은 오브는 두 개.

쓰러뜨린 플레이어는 헤아릴 수도 없다.

지금도 한 명을 쓰러뜨렸다.

"휴우, 벌써 9시인가……. 내일 아침까지 얼마나 더 빼앗을 수 있을지……."

사리가 지도를 확인했다.

거기에는 엄청난 양의 정보가 기록되어 있었다.

내용은 무기 수리 아이템의 장소, 지형, 길드의 규모나 방어의 기본 숫자, 정찰부대가 잘 지나는 길, 매복 가능성이 높은 장소까지 다양했다.

이벤트가 시작되고 아홉 시간.

계속 뛰어다닌 정찰로 입수한 정보를 토대로 길드의 빈틈을 찌르고 있다.

사리가 이렇게까지 첫날부터 전력을 다하는 이유는 쓰러뜨리기 쉬운 길드가 남아 있는 동안에 오브를 빼앗고 싶기 때문이다.

후반에 접어들수록 오브를 둘러싼 싸움은 격화된다.

최종일까지 가면 소규모 길드가 전멸하는 일도 있을 수 있다.

그렇게 되면 오브를 빼앗을 수 없다.

"일찌감치 점수를 버는 게 유일한 승리의 길……."

그러니까 사리는 계속 달렸다.

무리와 위험을 각오하고.

"다음은…… 좋아, 여기로 하자."

사리는 다시금 달렸다.

그 무렵, 여기저기서 생겨난 동맹이 사리에게 쓰러진 정찰 부대를 통해 그 존재를 알아차리고 있었다.

장소는 바뀌어서, 【단풍나무】의 거점에서는 마이와 유이가 이야기하고 있었다.

"저기, 마이. 우리는 역시 보통 공격은 피할 수 없잖아."

"그래……. 하지만 단검이라면 그래도 익숙하니까, 어쩌면 한 번 정도는 피할 수 있을지도?"

사리의 무기인 단검의 공격 동작은 훈련 중에 가장 많이 본 동작이었다.

그렇기 때문에 다른 무기와 비교하면 통상 공격의 움직임을 예측하기 쉽다.

그렇긴 해도 어디까지나 비교적 예측하기 쉽다는 거지, 안정되게 피할 수 있는 건 아니다.

"그래서 생각했어. 우리의 장점을 최대한 살릴 수 있는 전법이 있을까 하고."

유이는 풀 멤버 전투에서 전원이 개성을 발휘하는 것을 보고, 자신들도 뭔가 할 수 있지 않을까 시험하고 싶어졌다.

물론 주위에서 보면 두 사람도 개성으로 똘똘 뭉쳤지만, 아무튼 자기 자신의 실력을 발휘해서 도움이 되고 싶다고 생각할 나이다.

"응, 그랬구나."

"그래서 있지, 이런 생각을 해 봤는데……."

유이가 마이의 귓가에 뭐라고 속삭였다.

그건 무심코 눈을 크게 뜰 만큼 뜬금없었고, 두 사람이기에 가능한 전법 같아서, 마이와 유이는 서로의 얼굴을 보고 누가 먼저랄 것도 없이 웃었다.

"그래! 좋을 것 같아!"

"그렇지! 이때다 싶을 때 잘되면 좋겠어."

"그래!"

두 사람은 작전의 세부 사항을 의논하기 시작했다.

그걸 조금 멀리서 지켜보면서 이야기하는 것이 카나데, 메이플, 크롬이었다.

"난 잠깐 정찰 다녀올게. 두 시간 정도 걸릴까."

"그래? 알았어."

메이플은 카나데의 외출을 허가했다.

방어 전력도 충분. 두 시간 내로 돌아온다면 취침시간의 교대도 가능하다.

막을 이유는 없었다.

카나데는 이 이벤트에서 처음으로 거점 밖으로 나와 지도를 확인하고 걸어갔다.

"사리에게 받은 정보에 따르면 이쪽인가."

카나데는 정찰 반, 오브 탈취 반이라는 마음으로 밖으로 나왔다.

사리가 만들어 정보가 넘치는 이 지도는 여덟 명이서 싸운 뒤에 구경했기 때문에 완전히 기억하고 있다.

"너무 고생하니까, 도와줘야겠지."

사리도 무제한으로 움직일 수 있는 건 아니다.

쉴 시간을 주기 위해 카나데도 오브를 빼앗으러 갈 필요가 있다고 생각했다.

카나데는 목적하던 방향으로 걸어가서, 숲의 나무 틈새로 빛나는 오브를 발견했다.

"중규모 길드의 것은…… 저거군."

카나데는 스킬【마도서고】로 책장을 구현화시키고 뭐를 쓸지 음미하다가 최종적으로 두 개의 마도서를 쓰기로 했다.

"생각보다 일찍 돌아갈 수 있을까……. 자,【거인의 팔】."

카나데의 목소리에 한 권의 마도서가 튀어나왔다.

효과는 오른팔의 변질.

아주 잠깐 팔을 길고 굵게 만드는 마법.

조작성이 안 좋고 효과시간도 짧기 때문에 섬세한 작업은 불가능하다.

하지만.

7미터 앞의 오브를 움켜쥐는 정도는 할 수 있다.

"【플레어 액셀】."

카나데는 폭염과 함께 가속하여, 오브 하나를 입수한 채로 자기 길드로 달려갔다.

"쪼, 쫓아!! 지금 당장!"

카나데의 뒤에서 들려오는 소리는 순식간에 멀어졌다. 카나데는 그대로 나무들 틈새나 바위밭을 달려서 거리를 쉽사리 벌렸다.

너무 기습적인 일격에 반응이 늦어진 그들은 마경으로 보물이 운반되는 것을 허용했다.

"이걸로 조금이라도 도움이 되면 좋겠는데."

지금도 계속 달리고 있을 사리를 떠올리면서 카나데는 【단풍나무】 진영으로 뛰어들었다.

카나데가 오브를 빼앗는 동안, 사리도 여전히 밤의 어둠 속에 섞여서 길드를 습격했다.

"오보로, 가자."

사리는 목덜미의 오보로에게 말하고 조용히 소규모 길드로 숨어들었다.

야외에 있는 길드는 횃불 같은 아이템으로 광원을 유지하는 경우가 많기 때문에, 멀리서도 장소를 알 수 있다.

습격을 받기 쉬워진다고 해도 빛을 유지할 필요가 있는 것은 사리 같은 플레이어가 있기 때문이다.

사리도 밤이 된 뒤로 경계를 위해 돌아다니는 플레이어가 느는 것을 느끼고 있었다.

"숫자는…… 열다섯 명인가."

전원을 쓰러뜨리는 것도 가능하지만, 사리는 전투를 피하고 싶었다.

사리는 눈에 띄지 않으려고 그랬지만, 마음속으로는 피로가 쌓였기 때문에 전투를 피하고 싶다고 생각하고 있었다.

사리는 돌아다니는 플레이어가 등을 돌린 순간에 뛰어갔다.

"【초가속】!"

피로는 분명히 있었지만, 그것을 집중력으로 지우고 오브를 향해 일직선으로 달렸다.

방해하는 자는 베어버리고, 마법으로 방해한다.

하루 동안 몇 번이나 반복한 기습의 움직임은 횟수를 더하면서 세련되고 군더더기가 없어졌다. 사리의 원래 능력도 있어서 조금 강한 정도의 플레이어로는 어떻게 할 수 없어졌다.

"【도약】!"

지면을 박차고 오브로 손을 뻗는다.

인벤토리에 오브가 들어오는 것을 확인하고 그대로 받침대를 뛰어넘어서 질주했다.

사리는 멈출 수 없다.

현재 인벤토리에는 지금 넣은 오브를 포함해 세 개의 오브가 있기 때문이다.

항상 추격자의 공격을 받을 위험이 있다.

"허억……! 다음!"

하나라도 더 많은 오브를 얻기 위해서.

사리는 멈추지 않았고, 누구도 그걸 막을 수 없다.

"오보로, 【여우불】!"

사리는 오보로의 불길로 방금 오브를 빼앗은 길드의 추격자를 방해하고 더욱 거리를 벌렸다.

길드를 방어하는 것은 기본적으로 속도가 느린 플레이어다.

【단풍나무】가 메이플을 방어에 둔 것도 그렇기 때문이다.

그러면 일단 빼앗으면 사리 같은 플레이어로서는 간단히 도망칠 수 있다.

상대의 발을 묶고 어둠 속에 섞여서 모습을 감추기만 하면, 빼앗긴 오브의 위치를 지도로 확인하는 틈에 공격이 닿지 않을 장소까지 갈 수 있다.

그래도 쫓아온다면 저번처럼 다른 길드로 돌격하면 된다.

"다음, 다음은…… 응?"

사리의 시야 구석에 비친 것은 횃불의 불빛으로 환하게 빛나는 구역.

방어 멤버가 한 명도 보이지 않을 만큼 사람이 적은 길드였다.

"할 수 있겠어……!"

사리는 진행방향을 바꾸어서 그 오브를 차지하러 갔다.

덫일지도 모른다고 경계하면서도 신속하게 접근했지만, 결국 플레이어는 한 명도 나오지 않았다.

"……빼앗긴 오브가 막 재생됨 참일까? 지형을 보면 중규모 길드네."

이 길드의 플레이어가 오면 귀찮아지기 때문에, 사리는 서둘러 그 자리를 떠났다.

그 무렵 메이플은 카나데가 가져온 오브를 지키고 있었다.

"【수정벽】!"

몸으로 막아도 대미지가 없는 메이플이 여태까지 쓸 기회가 적었던 【수정벽】은 이번 이벤트에서 매우 활약했다.

눈앞에 갑자기 장애물이 나타나는 바람에 멈춘 적을 격파하는 패턴으로 숫자를 줄이고, 다음에는 메이플의 【헌신의 자애】로 죽지 않게 된 전위를 죽죽 밀어붙인다.

메이플의 서포트가 더없이 강력하다. 마이와 유이는 몇 번이나 공격을 받았고, 크롬도 포위당했다.

그런데도 붕괴할 터인 전위가 언제까지고 버티고 있고, 습격자는 회피를 버린 공격에 목숨을 잃었다.

【단풍나무】 측에는 회피라는 행동이 거의 없다. 그와 반대로 공격자 측은 메이플 일행의 공격을 피해야만 한다.

여기에 섬멸력의 차이가 생겼다. 공격에 쓸 시간이 압도적으로 다르다.

메이플을 쓰러뜨리지 못했던 그들은 당연하게도 패배했다.

"휴우…… 끝났네."

"그……러네요……."

"지쳤어요……."

"슬슬 첫날이 끝나고. 교대로 잘까?"

스테이터스를 표시하는 파란 패널에 표시된 시계는 자정을 지나고 있었다.

크롬의 제안에 전원이 찬성했다.

사리, 이즈, 카스미는 현재 외출 중이기 때문에 로테이션에 들어가지 않았고, 인원수를 생각하면 두 시간씩 짧게 쉬는 것이 최선이라는 결론이 나왔다.

"마이와 유이부터 쉴래? 나는 기본적으로 있는 편이 좋을까?"

"으음……. 메이플이 없는 동안은 내가 방어를 맡지. 범위 지원도 가능하고. 나도 두 사람부터 쉬는 게 좋다고 봐."

대인전투의 경험이 적은 가운데, 공격의 주축으로서 계속 싸웠기 때문에 마이와 유이의 피로는 피크에 달했다.

슬슬 쉴 필요가 있었다.

"그럼 얼른 쉬고 와! 괜찮아, 난 지키는 건 잘하니까!"

쉬는 시간을 결정하자 메이플은 두 사람을 보냈다.

"이즈와 카스미는 조만간 돌아오겠고."

두 사람이 돌아오면 방어가 보다 편해지기 때문에, 마이와 유이를 쉬게 하려면 지금이 딱 좋은 타이밍이었다.

"지금부터가 힘들겠어."

아무래도 방어병력이 줄어드는 시간대에 접어들었다.

여기서 빈틈을 노리는 공세에 나갈까, 견실하게 방어에 임할까, 그것은 길드의 인원과 현재 포인트에 따라 변하겠지.

【단풍나무】는 포인트를 벌면서 방어는 반드시 성공해야 하는 귀찮은 짓을 해야만 한다.

그것도 여덟 명이서.

"힘내자. 5일차까지 살아남기 위해 모두를 지키는 거야."

메이플은 새롭게 결의를 다지며 심야를 맞았다.

심야 1시.

사리는 거점에서 여덟 명이서 싸운 뒤에 한 번도 돌아오는 일 없이 오브 강탈에 전념했다.

그것으로 얻은 바는 많다. 사리의 인벤토리에는 열 개의 오브가 들어있었다.

그것만 해도 경이적이지만, 사리의 목적은 오브를 빼앗는 것만이 아니었기 때문에 돌아갈 수 없었다.

하지만 그 목적도 간신히 달성되려고 했다. 사리가 지친 듯이 나무에 몸을 기대자, 발치에 있던 오보로가 걱정스럽게 바라보았다. 사리는 조금 웃고 몸을 웅크려서 오보로의 머리를 쓰다듬었다.

"휴우…… 슬슬 돌아가자."

많이 지치긴 했어도 사리는 계속 달렸다.

멈추면 추적자가 오는 것은 변함없었다.

"……응?"

사리가 멈춰 서서 바위그늘에 몸을 숨겼다.

다시금 집중하자 확실히 느껴지는 플레이어의 기척.

그것도 열, 스물 정도가 아니다.

더 많다. 그래, 백 명 이상.

"포위됐어……!"

피로 탓에 자기도 모르는 사이에 탐지능력이 떨어진 것이다.

넓은 범위에 숨어 있는 플레이어의 움직임을 보면 위치를 들
킨 것이 명백했다.

"……이 오브 중 하나가 대규모 길드와 이어졌어……!"

사리는 그런 답에 도달했다.

하지만 어느 것인지 확정할 수 없기 때문에 오브를 버리고
도망칠 수도 없었다.

"도망치게 해 주진, 않겠지."

사리는 재빨리 패널을 조작해서 지도를 확인하고 【단풍나
무】멤버의 위치를 확인한 뒤 메시지를 하나 보내고 도핑 시드
를 다섯 개 꺼냈다.

"좋아……. 어떻게든 돌아가자."

그렇게 각오를 다진 사리가 있는 구역이 대낮처럼 밝아졌다.

누군가의 마법인지 하늘에 작은 태양이 떠올랐고, 이 때문에 암흑 속에 숨을 수도 없어졌다.

포위망에 든 플레이어를 확실히 잡으려고 준비한 것이 명백했다.

"……상대로서는 운 좋게 월척이 걸린 셈인가."

사리는 도핑 시드를 전부 삼키고 바위 뒤에서 나갔다.

플레이어들도 차례로 잠복을 그만두고 사리를 에워쌌다.

공격하기 쉽도록 어느 정도 플레이어들 사이에 간격이 있지만, 도저히 빠져나갈 수 있는 정도는 아니다.

"좋아, 몰아붙였다! 간다!"

소리를 지르며 돌격하려던 플레이어들이 순간 그 발을 멈췄다.

"몰아붙여? 누구를?"

그것은 사리의 분위기가 변했기 때문이다.

집중했다고 쉽게 말할 수준이 아니었다.

사리에게서 나오는 것은 명확한 살기였다.

한 발짝이라도 움직이면 죽는다. 그렇게 느껴지는 살기 띤 눈빛과 잔인한 웃음이 사리의 얼굴에 드러나 있었다.

오히려 이쪽이 불리하다고 착각할 정도의 존재감이 사리에게는 있었다.

사리 자신도 피로가 날아간 것처럼 느껴졌다.

한계를 넘어서 평소 이상의 힘이 나오는 것이다.

감각은 날카로워지고, 몸이 가벼워졌다.

"자…… 살아남아 보자."

사리는 기합을 넣으며 단검을 들었다.

아무도 쳐들어오지 않아서 메이플이 한가해하고 있을 때 메시지가 도착했다.

"사리한테서? 뭐지?"

메세지는 딱 한 줄.

아마 죽을 거야. 미안해.

이렇게만 적혀 있었다.

사리는 평소 이상으로 감각이 예민해진 것을 실감했다.

또한 전투에 마음이 실리면서 감각은 점점 예리해졌다.

그런 사리의 귀에 지휘관인 듯한 인물의 목소리가 들려왔다.

"프레데리카……."

들은 적 있는 그 목소리는 틀림없이 프레데리카였다.

즉, 이 플레이어들은【집결의 성검】멤버란 뜻이다.

그렇다면. 사리는 살아남을 방법을 찾아냈다.

"【공격유도】!"

사리가 처음 마법공격을 피했다.

그러자 전위 플레이어의 움직임이 변하고 단숨에 전진했다.

정보는 잘 전달된 모양이다.

사리가 살아남기 위해서는 뒤로 주도권을 쥐어야만 한다.

상대의 움직임을 조작할 수 없으면 다음 순간 죽음이 기다리고 있다.

"고마워, 프레데리카."

아직 모습을 보이지 않는 사람에게 그렇게 말하며, 사리는 전진해 온 플레이어의 공격을 피했다.

"【공격유도】!"

그 말을 들은 플레이어들의 움직임에 예리함이 없어졌다.

예상외의 행동은 망설임과 초조함을 낳고, 움직임을 둔하게 만든다.

그리고 사리의 힘이 두 번으로 끝이 아니라는 것을 그들은 아직 모른다.

다만 스킬 지원이 없다는 것은 다시 말해 사리가 다음에 날아오는 공격을 죄다 자기 힘으로 피해야만 한다는 소리다.

"굉장해……. 전혀 다르게 보여."

사리는 자기 감각의 변화에 놀라고 있었다.

여태까지 집중한 상태의 자신이 보았던 세계보다 더 느리게 느껴질 정도로, 검이 느리게 움직였다.

연습으로도 익히지 못했던 공포 센서도 쓰고 있다.

그것도 드레드보다도 훨씬 능숙하게.

가까운 미래의 위험이 죄다 과거에 일어난 일처럼 파악됐다.

한계를 넘은 각성은 일시적으로 사리를 한층 높은 경지로 올려주었다.

"안 맞아!! 제길!"

"질 수 없어. 질 수 없어……!"

사리의 공격은 반드시 적중하고, 상대의 공격은 모조리 빗나갔다.

【공격유도】를 거듭 사용하는 것에 프레데리카가 위화감을 느끼기 시작했을 무렵 이미 스무 명의 플레이어가 사리에게 쓰러졌다.

그리고 프레데리카가 그 답에 도달했다.

"스킬이…… 아니야?"

가령 그렇다고 해도 어떻게 할 수 없다는 결론이 남을 뿐.

대처법을 잃을 뿐이다.

서서히 스킬이 아니라는 무시무시한 현실을 모든 플레이어가 이해하기 시작했다.

하지만 그렇다고 어떻게 되는 것은 아니다.

"으랴아!!"

기합 소리와 함께 휘둘리는 검을 본 사리가 회피한다.

그것도 그냥 피하는 것이 아니다.

아슬아슬하게 피하면서 필살의 카운터로 잇는다.

"지금이다!"

마법을 이용한 면 공격이 사리를 덮쳤지만, 사리는 그게 올 타이밍을 다 알고 있었다.

"【업어던지기】."

무기를 넣고 플레이어를 붙잡아서 공중으로 내던졌다.

하늘에서 쏟아지는 마법공격는 그 플레이어에게 가로막혀 서 사리의 위치까지 닿지 않았다.

프렌들리 파이어는 없기 때문에 그 플레이어에게는 대미지 가 들어가지 않았지만, 그 밑에 있는 사리의 공격이라면 별개 다.

"괴물인가……?!"

아직 70명의 플레이어가 남아 있다고 해야 할까, 이미 30명 이 당했다고 해야 할까. 사리가 혼자서 많은 플레이어의 마음 을 꺾은 것은 틀림없었다.

"오보로, 【그림자 분신】."

사리에게 패를 아낄 여유는 없었다.

항상 상대의 사고회로를 멈출 예상외의 일을 계속해야 한다.

"살아남아서…… 없애겠어!!"

뛰어다니는 사리의 분신은 사리 본체와 달리 쉽사리 당했 다. 그래도 플레이어 하나씩은 길동무로 삼았다.

그동안에 사리는 살아남기 위해 포위를 깨려고 했다.

그때.

"잡았다!!"
사리의 등에 검 한 자루가 꽂혔다.
드디어 들어간 일격에 환성이 일었다.
"아니, 아직이야."
【신기루】로 만들어진 환영은 공기에 녹아 사라졌다.
차례로 일어나는 뜻밖의 일.
처음에는 여유로울 거라며 지휘를 맡던 프레데리카가 전투에 참가할 정도로 사리는 위협적이었다.
물론 한계를 돌파하여 각성한 지금의 사리가 아니면 이미 끝났겠지.
사리를 포위하려면 한계까지 몰아넣을 필요가 있었고, 사리를 없애려면 한계를 넘게 하면 안 된다.
"【다중염탄】!"
프레데리카는 믿기 어려운 것을 보듯 사리를 보았다.
단 하나도 맞지 않는다.
고작 몇 밀리미터만 어긋나면 맞지만, 그 몇 밀리미터가 한없이 멀다.
"이거, 위험한데……!"

사리도 살아남는 것을 최우선으로 했기 때문에, 플레이어가 줄어드는 속도는 느리지만 그래도 확실히 해치우고 있었다.

　많은 플레이어를 잠복시키기 위해 프레데리카가 고른 장애물이 많은 지형은 이 상황에서는 사리가 살아남기에 유리하게 작용했다.

　"큭…… 다른 추격대가 몰려왔네."

　사리를 쫓아온 플레이어들이 새롭게 사리의 포위에 가담했다.

　사리는 그걸 느끼면서 프레데리카의 마법을 뛰어서 피했다.

　"좋아, 아직 할 수 있……?"

　그것은 갑작스러운 일이었다

　다리가 멎고, 무릎에서 힘이 쭉 빠졌다.

　"【워터 월】!!"

　날아오는 화염탄을 가까스로 굴러서 피했지만, 다음 순간 쓰러진 사리의 주위에는 경계하는 플레이어들의 포위망이 만들어졌다.

　당장 공격하지 않았던 것은 사리의 예상 밖의 행동에 모두가 경계심을 품었기 때문이었다.

　여태까지 실컷 당했으니 당연하다.

　사리는 한계를 넘어서 움직였다.

　그렇게 오래 계속될 리가 없다.

프레데리카가 전원에게 장벽을 치면서 포위망을 좁히는 것을 보고 사리는 조용히 중얼거렸다.

"다음에는 안 질 거니까."

"【다중염탄】."

프레데리카의 영창과 함께 폭음이 일었다.

그것은 프레데리카의 마법이 아니었다.

하늘을 폭염으로 밝히고, 연기를 끌면서 유성처럼 뭔가가 고속으로 내려왔다.

그것은 프레데리카와 사리 사이에 떨어졌다.

그 직후 화염탄의 빛이 전원의 시야를 뒤덮었다.

빛이 수그러들었을 때 천천히 일어선 것은 하얀 날개를 단 검은 갑옷의 소녀.

"그렇겐 못 해, 절대로."

메이플이었다.

메이플은 시럽을 불러 재빨리 명령했다.

"【성벽】!"

벽이 솟구쳐서 메이플과 사리를 감추었다.

프레데리카와 부하들은 하늘 높이 솟은 벽을 뛰어넘을 수 없겠지.

"메이플…… 어떻게……?"

시럽으로 날아오기에는 너무 먼 거리였다.

제때 못 온다고 생각해 사리는 그 메시지를 보낸 것이다.

"이야기는 나중에 해! 마이랑 유이만 두고 왔으니까 얼른 돌아가야 해! 날 잡아."

"으, 응."

사리는 비틀비틀 일어나 메이플에게 안기듯이 붙잡았다.

메이플은 사리를 두 손으로 붙들고 탈출 준비를 시작했다.

"【포신 전개】."

메이플의 온몸에서 【성벽】의 내부를 가득 채울 듯이 병기가 튀어나왔다.

그 포신들은 모두 아래쪽을 향했다.

"간다!"

"어?! 아, 아니, 설마!"

사리의 동요를 무시하고 터져 나오는 폭염과 연기.

그것은 이미 거의 자폭이었다.

다만 메이플이라면 견딜 수 있다.

메이플은 최고급 무기를 아낌없이 사용해 하늘로 빠르게 발사됐다.

다리의 무장이 없으면 반동으로 날아간다.

그 반동은 어지간해서는 도무지 견딜 수 없는 레벨이다.

그것을 뛰어넘을 수 있는 메이플은 로켓처럼 하늘 높이 날아오를 수 있다.

최고점에 도달할 때까지 메이플은 계속해서 스킬명을 외쳤다.

"【전 무장 전개】! 【공격 개시】! 【히드라】!"

빛나는 레이저가 지면을 향해 차례로 발사됐다.

백 개를 넘는 그것들은 유성군처럼 지면을 꿰뚫고 플레이어를 태웠다.

그것을 뒤따르듯이 머리 셋 달린 독룡이 지면을 독 바다로 만들었다.

프레데리카 일행 중에 【독 무효】를 가진 자는 거의 없었다. 이번에는 메이플과 싸울 생각이 아니었기 때문에 그쪽 장비가 아니었다.

그런 장비로는 【히드라】를 막을 수 없다.

사리를 간신히 따라잡은 이들은 영문도 모르는 채로 길드로 돌아온 이들뿐이었다.

사리는 서른 명 정도 쓰러뜨렸다.

방금 메이플의 공격으로 그 이상의 숫자가 쓰러졌다.

상공에서의 면 공격이 아니라면 이 정도의 희생은 나오지 않았겠지.

"사리의 몫이야!"

메이플은 다시금 폭염과 함께 공중을 이동해서 【단풍나무】 쪽으로 날아갔다.

"우우…… 저게 뭐야…… ."

전력의 방어와 【독 무효】로 간신히 살아남은 프레데리카는 독 바다에 쓰러졌다.

"하지만 이대로는 안 끝나……!"

엉망이 됐으면서도 프레데리카는 재치를 하나 부렸다.

그게 결실을 보면 이번의 대참사도 만회할 수 있다.

반대로 말하자면 결실이 없으면 페인에게 무슨 소리를 들어도 불평할 수 없는 처지가 됐다.

"부탁이야, 드레드. 어떻게든 해 줘…… ."

프레데리카는 여기에 없는 드레드에게 희망을 걸 수밖에 없었다.

마이와 유이는 둘이서 오브 앞에 서 있었다.

"메이플 씨, 안 늦었을까?"

"지도를 보면 사리 씨랑 같은 위치에 있으니까 안 늦은 거 아닐까?"

"어떻게 간 거지?"

"모르겠지만…… 금방 돌아올 거야."

하지만 정말로 금방 돌아올지는 두 사람도 모른다.

"유이, 일단 준비는 했는데…….."

"응. 하지만…… 카나데 씨랑 크롬 씨를 깨우러 가는 게 좋을까……? 그편이 안전할까?"

두 사람은 안전책을 취하기로 했다.

하지만 그렇게 되지 않았다.

"! 유이, 적!"

"어!?"

두 사람이 각자 망치를 들었다.

입구에서 천천히 걸어오는 것은 한 플레이어.

드레드였다.

【단풍나무】의 위치는 특정됐다.

【집결의 성검】이 나서지 않았던 것은 항상 거기 있는 메이플이 위험하다고 판단했기 때문이다.

그 메이플이 없고, 드레드가 근처에 있다면 당연히 공격해야 한다.

"하아……. 프레데리카도 사람을 험하게도 부리는군. 하지만 정말로 메이플이 없나? 그럼…… 해 볼 만하지."

중얼거리는 드레드는 프레데리카에게 메시지를 받고 곧바로 여기로 달려왔다.

메이플이 여기에 돌아오기까지 몇 분.

하지만 마이와 유이에게는 너무나도 긴 몇 분이다.

"유이, 꼭 쓰러뜨리자!"

"응!"

그렇게 말하며 두 사람은 【도핑 시드】를 입에 넣어 【STR】을 더욱 올렸다.

여기서는 절대로 질 수 없다.

"흥…… 그건 불가능하다."

드레드가 뛰어서 거리를 좁혔다. 거기에 유이가 망치를 내리쳤다.

아직 거리는 멀었지만 관계없었다.

"【비격】!"

스킬로 유이의 망치가 빛나며 충격파가 날아갔다. 그것은 필살의 일격이다.

"흡!!"

하지만 드레드는 그것을 피했다.

피하면서 쭉쭉 거리를 좁혔다.

"【더블 스탬프】!"

유이의 공격을 피하며 드레드가 마이로 표적을 정하여 공격했다.

"마이!"

"괘, 괜찮아!"

마이가 드레드의 일격을 피할 수 있었던 것은 우연이었다.

사리와 마찬가지로 단검을 쓰기 때문이 그 동작은 몸에 배어 있었다. 두 사람이 생각하기 전에 이미 몸이 피했다.

하지만 다음은 피할 수 없겠지.

드레드는 오늘 하루 동안 정찰부대에게서 마이와 유이의 공격력에 대해 들었다.

그렇기 때문에 공격을 맞지 않도록 너무 깊이 파고들지 않았고, 그 결과로 마이가 살아남을 수 있었다.

"마이! 거리를 벌려!"

"응!"

마이가 벽을 향해 달렸다.

하지만 드레드 쪽이 압도적으로 빨랐다.

금방 따라잡혔다.

"느리군."

"………! 아앗!!"

드레드의 단검이 마이를 덮쳤다.

그 순간.

마이는 자기가 들고 있던 무기를 다가오는 드레드 쪽으로 던졌다.

"뭐?!"

드레드조차도 예상 못한 자폭 전법.

놀라는 드레드에게 마이가 회심의 웃음을 보였다.

"맞을 것 같냐!"

그래도 드레드는 몸을 비틀어서 피했다. 그리고 무기가 없어진 마이를 베어버리려고 재차 단검을 휘둘렀지만, 소름끼

치는 감각에 그 자리에서 물러났다.

그보다 한발 늦게 충격파가 드레드가 있던 자리를 파괴했다.

"다른 녀석인가……! 응?"

드레드가 본 것은 스킬로 빛나는 【두 개의 망치】.

하나는 틀림없이 방금 내던졌던 망치였다.

"이런…… 큭?!"

두 번째 충격파에 직격당한 드레드가 벽에 세게 부딪혔다.

마이는 망치를 장비하지 않았다.

유이가 장비한 망치를 그 손에 들었을 뿐.

내던진 것은 유이에게 되돌리기 위해서.

유이에게 돌아가면 예상의 범위를 뛰어넘는 두 번째 스킬이
발동한다.

이것은 두 사람밖에 할 수 없는 비장의 기술이었다.

"우리는 반푼이니까."

"둘이 합쳐서."

""강한 당신을 쓰러뜨리겠어.""

아직 경험도 기술도 부족한 두 사람이 처음으로 자신들의 힘
에 각성했다.

크나큰 한 걸음이었다.

하지만 그래도 부족하다.

"정말이지 기막힌 놈들이라서 귀찮군."

""이럴 수가?!""

"일단 하나!"

드레드의 단검이 마이를 찢었다.

마이가 그 공격을 견딜 수 있을 리가 없다.

드레드의 HP는 딱 1 남아 있었다.

순수하게 견딘 것이 아니라 스킬로 버틴 것이 명백했다.

거기 들인 시간의 차이.

쌓아 올린 것의 차이가 너무 컸다.

"그럼……!"

"메이플 씨…… 미안해요……."

비책마저 돌파당한 유이도 드레드의 칼날에 쓰러졌다.

드레드는 단검을 집어넣고 포션을 꺼내 HP를 회복했다.

"하아…… 귀찮긴. 이 길드랑 싸우는 건 빡세."

HP가 회복됐을 때 드레드는 오브를 향해 걸어가면서 중얼거렸다.

"이번에는 내 승리다…… 윽?!"

이제 오브를 집기만 하면 된다. 하지만 이때 시간이 다 됐다.

폭염과 함께 사리를 데리고 있는 메이플이 날아왔다.

"……마이랑 유이에게 사과해야겠네."

"프레데리카……! 원망할 거다, 이 자식!"

드레드는 시합에 이겼다. 하지만 승부에는 졌다.

마이와 유이가 번 천금과 같은 시간.

그것을 낭비할 메이플이 아니니까.

4장 방어 특화와 해방.

　메이플은 거점으로 돌아오는 동안 사리와 어떤 이야기를 했다. 그것은 2일차까지 능력을 하나 해금한다는 것이었다. 쓰기 편하고 소비가 적은 스킬을 골랐다.

　메이플은 드레드와 대치하며 바로 그 스킬을 발동했다.

　"【포식자】!"

　지면에서 두 마리의 추악한 괴물이 모습을 보였다.

　외부에 첫 공개하는 것을 드레드가 예상할 수 있을 리가 없었다.

　"뭐?! 그건 뭐지!!"

　"시럽, 【대자연】!"

　메이플의 목소리에 응하여 지면에서 넝쿨이 뻗어 드레드와 메이플을 가두었다.

　넝쿨은 몇 겹의 벽을 만들고 내부 공간을 좁혔다.

　드레드는 넝쿨을 찢으며 탈출을 꾀했지만, 도무지 될 것 같지 않았다.

　드레드가 넝쿨을 찢기를 포기하고 메이플 쪽을 돌아보았다.

"……오케이, 이번에는 내 패배다. 다음에는 만전인 상태로…… 음?"

마이와 유이의 전투를 마친 직후에, 절대로 제때 맞춰서 올 수 없었던 메이플의 기습.

결과적으로 메이플은 드레드를 가두는 데 성공했다.

이번에는 메이플이 유리한 상태가 우연히 생겨났지만, 다음에도 그럴 수는 없다.

평범하게 대치하면 틀림없이 도망쳐 버리겠지.

"몇 번이든 이겨 주겠어요!"

【포식자】가 드레드를 덮쳤다.

"또 오마. 다음에는 진짜로 메이플을 사냥하러……!"

그런 말을 남기고 드레드는 빛이 되어 사라졌다.

사라질 때 뭔가 생각이 있는 것처럼 드센 웃음을 보이는 것이 메이플의 눈에 박혔다.

메이플은 시럽에게 【대자연】을 풀게 하고 사리에게 돌아갔다.

【대자연】으로 메이플과 드레드만을 격리했던 것이다.

메이플은 사리에게 다가가더니 곧바로 사리의 뺨을 마구 잡아당겼다.

"너무 무리한다니까……."

"……미안해."

"일단 마이와 유이가 부활하거든 사과해야지."

"응……."

잠시 후 마이와 유이가 부활했다.

메이플과 사리는 곧바로 사과했지만, 마이와 유이는 애초에 신경 쓰지 않는 듯했다.

오히려 메이플이 도착할 때까지 강적에게서 오브를 지키는 데 도움이 되어 기쁜 모양이었다.

"일단 오브는 다 설치해 두자."

사리의 인벤토리에서 열 개의 오브가 굴러 나왔다.

"사리, 왜 그렇게 무리했어? 더 일찍 돌아와도 되잖아?"

"아…… 그건…… 일단 카나데 불러줄래?"

"마침 슬슬 교대시간이니까 제가 불러올게요!"

마이가 안쪽으로 뛰어들어가 카나데를 데리고 돌아왔다.

"카나데, 일단 이걸 외워."

그렇게 말하며 사리가 보여준 것은 자기 지도였다.

"이거…… 대단하네."

그 자리에 있는 전원의 눈에 들어온 것은 이번 이벤트의 광대한 필드의 거의 모든 정보가 기록된 지도였다.

12시간 동안 계속 뛰어다니며 작성한 지도에는 길드의 위치나 규모 같은 것도 물론 기록되어 있었다.

"나는…… 조금 한계 같으니까…… 카나데, 메이플의 지도에 복사해 줘."

"응, 알았어. 다 외웠어."

카나데는 여전히 초인적인 기억력으로 그런 난제를 여유로 클리어했다.

"고마워…… 메이플, 플랜B로."

플랜B란 전위부대가 무너졌을 취할 예정이었던 행동이다.

실제로 이벤트를 하면 예상과 다른 부분도 많았기 때문에 바로 이걸 발동하게 됐다.

플랜B.

다른 이름은 메이플 해방책.

방어라는 족쇄를 떼고 밖에 풀어놓는 것이다.

이미 거의 모든 길드의 위치가 사리에게 폭로됐다.

다음에 나타나는 것은 진짜 괴물이다.

"방어가 위태로워지면 불러. 휘잉 하고 날아올 테니까!"

"횟수 제한은 있어?"

사리의 질문에 메이플은 소비량을 계산했다.

"거리에 달렸지만…… 사리를 도우러 갈 때의 거리라면 하루에 두 번 왕복할 수 있나……?"

병기를 파괴하여 날아가는 거니까 항상 쓸 수 있는 건 아니다.

게다가 이동에 다 쓰면 공격에 쓸 몫이 없어진다.

신중하게 써야만 한다.

"먼 곳부터 순서대로 회수하고 날아서 돌아올게."

사리의 지도 덕분에 길드를 찾을 필요가 없어지고, 메이플은 최단거리로 이동할 수 있게 된다.

대폭적인 시간 단축이다.

"조금…… 쉴게."

"응, 바통 터치야."

사리에게서 메이플로.

지금이야말로 준비는 끝났다.

"그럼 내일 아침부터 다녀올게."

"나도 서둘러서 지도를 베낄게."

카나데는 착착 메이플의 지도에 정보를 기록했다.

다음 날 아침.

한 중규모 길드가 무사히 아침을 맞아 기지개를 켰다.

"하아…… 겨우 아침인가."

"야습이 없는 것만 해도 두 배로 편해."

"……적이다! 한 명!"

아침의 조용한 공기를 찢으며 적습 보고가 닿았다.

한 명이라는 말에 적이 있는 방향을 천천히 돌아본 전원은 긴장에 몸이 굳었다.

몸을 숨기지도 않고 당당히 걸어오는 시커먼 장비의 소녀.

부조리의 화신. 죽음의 상징. 광기의 구현화.

그렇다. 방어를 신경도 안 쓰는 메이플이 걸어온다.

"싸, 싸우자! 지키는 거다!"

"""오옷!!"""

기합을 넣은 그 순간.

메이플도 임전태세에 들어갔다.

"【포식자】."

유일하게 해금된 새로운 공격 수단.

그것은 플레이어의 마음을 꺾고도 남을 힘을 가졌다.

맞서는 플레이어를 먹어치우며 한 걸음씩 다가온다.

순수한 폭력으로 정면에서 깨부숴 나간다.

적의 위치도, 공격 수단도, 대략적인 스테이터스도 안다.

그래도 막을 수 없다.

메이플이 한 걸음 걸을 때마다 명확한 죽음이 다가온다.

희망 따윈 조금도 없다.

표적이 된 길드에 그것은 절대적인 죽음이었다.

메이플이 움직인 것은 아침이 된 이후였다. 그때까지 거점
에서 가만히 있었다.

사리가 가지고 돌아온 열 개의 오브를 지킬 때까지 길드를 나설 수 없었기 때문이다.

사리는 안쪽에서 죽은 듯이 잠들어서 당분간 눈을 뜰 것 같지 않았다.

사리의 지도는 카나데가 기억해서 전원에게 베껴 주었다.

또한 수리 아이템을 찾지 않더라도 이즈가 있으니까 문제없다.

그렇게 되면 밖에 나갈 필요는 거의 없어진다.

【단풍나무】에 메이플이 없다고 쳐들어오는 곳은 극히 일부라서 【단풍나무】 멤버들은 가만히 기다리는 시간이 계속됐다.

"어쩔래? 한 명 정도는 밖에 나갈까? 플레이어를 줄이러."

크롬의 그런 제안에 반응한 것은 카스미였다.

"흠…… 내가 가지. 공격력은 이즈의 폭탄과 마이와 유이의 투척, 방어는 크롬이 있으면 충분할 테니까."

그렇게 말하고 카스미가 거점 출구를 향해 걸어갔다.

"너무 무리하지 마."

"그래, 죽지 않을 정도로 하지."

크롬에게 대답을 하면서 카스미의 모습은 통로 너머로 사라졌다.

카스미는 첫날에 이즈와 행동하던 시간이 길었다.

이 두 사람이 오브를 빼앗으려면 지형을 이용해야만 하기 때문에 기본적으로 경쟁 상대를 줄이는 쪽에 전념했다.

　장비 내구치는 이즈가 있으면 문제없기 때문에, 밤 동안에는 걸리는 대로 다른 플레이어를 베고 다녔다.

　메이플이 없다고 해도【단풍나무】와 전투해서 멀쩡하기란 어렵다.

　혹시 이미 한 번 죽었다면【단풍나무】를 습격하는 일은 피하겠지.

　【단풍나무】를 습격하는 자가 줄어드는 것은 카스미와 이즈가 근처의 플레이어들을 착실히 죽여서 사망 횟수를 늘렸기 때문이기도 했다.

　그건 천천히 효과를 발휘하는 행동이었다.

　그리고 2일차인 오늘도 플레이어를 쓰러뜨리는 일에 전념하기로 했다.

　"자…… 메이플이 있는 방향과는 정반대로 가야 할까."

　메이플이 간 길에서 무사한 플레이어를 찾는 것은 헛수고다.

　"좋아, 이쪽으로 갈까."

　카스미는 몸을 숨길 장소가 많은 숲속을 가기로 했다.

　카스미 자신의 모습을 숨기는 데도 도움이 되고, 다른 플레이어가 있는 경우가 많기 때문에 이런 지형을 돌았다.

　"좋아……. 있군."

　카스미는 플레이어를 발견하고 재빨리 뒤에서 공격했다.

"경계가 허술한데?"

베인 플레이어는 카스미에게 그저 당하지만은 않겠다는 듯이 검을 휘둘렀다.

하지만 카스미는 그 공격을 흘리고 반격했다.

여태까지 몇 번이나 반복했던 행동이며, 이번 이벤트 중에서도 도움이 됐다.

카스미는 숲속에서 총 세 명의 플레이어를 쓰러뜨리고, 칼의 내구치를 확인한 뒤 다시 걷기 시작했다.

"돌아가거든 이즈에게 내구치를 회복해 달라고 해야겠군."

한동안 걸어서 숲을 빠져나갔을 때 카스미는 한 남자 플레이어와 딱 마주쳤다.

"……어차, 아는 사람이 나왔군."

"……돌아갈까."

카스미는 노골적으로 싫은 표정을 했지만, 눈앞의 플레이어는 돌려보낼 생각이 없었다.

"우리 길드로 끌어들일 생각이었는데."

"미안하군. 메이플이 먼저였다."

우수한 인재는 어느 길드도 필요했다.

톱 플레이어인 카스미나 크롬을 데려갈 생각이 있었던 길드는 【단풍나무】만이 아니었다.

카스미와 대치한 남자는 어쩔 수 없다고 중얼거리며 카스미를 바라보았다.

"제1회 이벤트에서는 내가 졌으니까……. 이번에는 이기도록 하겠어."

그렇게 말하며 한손검을 뽑고 방패를 든 것은 【붕검】이란 별명을 가진 플레이어, 신이었다.

카스미와는 제1회 이벤트에서 직접 대결을 벌였고, 그때는 카스미가 승리를 거두었다.

"하아……. 죽여서 돌려보내마!"

카스미도 칼을 뽑아 답했다.

【붕검】이라는 별명을 가진 신에게는 물론 특징적인 부분이 있다.

"【붕검】!"

신의 목소리에 맞추어서 한손검이 산산이 부서지며 하늘로 떠올랐다.

그것들은 원래 검을 줄인 모양을 한 열 자루의 검이 됐다.

한 손에 방패를, 하늘에 열 개의 검을.

이것들을 다루며 싸우는 것이 【붕검】 신의 스타일이다. 사거리가 길고 피하기 어려운 것은 카스미도 알고 있었다.

"하압!!"

신의 검이 차례로 카스미를 향해 날아갔다.

"흡!"

카스미는 짧게 숨을 내뱉더니 최대한 많은 검을 쳐내고 흘리며 방어에 전념했다.

하지만 사리 같은 회피 능력이 없는 카스미는 대미지를 받았다.

그래도 견딜 수 있다.

사리와 다른 점은 HP의 양이다.

몸의 중심을 향해 날아오는 검을 피하는 것으로 전투를 계속할 수 있다.

"【제1의 검 · 아지랑이】!"

신의 앞으로 순간이동하여 베었다.

하지만 그것은 방패에 가로막혔다.

"여전히…… 대단한 스킬. 방패가 없으면 못 막겠어."

"흠……. 맨몸으로 피한 녀석도 있었지만!"

휘두른 칼을 거두고 다시금 베었다.

하지만 그것도 막혔다. 카스미는 등 뒤에서 검이 날아오는 것을 느끼고 뛰어서 물러났다.

한 차례 싸워서 서로의 패를 어느 정도 알기 때문에, 현재 양쪽이 서로 허를 찔릴 일은 없고, 결정타가 되는 일격을 넣기 어려웠다.

다만 제1회 이벤트로부터 상당한 시간이 지났다.

어느 쪽도 정체한 적은 없어서, 성장한 부분이 있다.

그것을 잘 피하는 쪽이 살아남을 거라고 두 사람 다 느끼고 있었다.

카스미는 단숨에 공격으로 전환할 기회를 기다리고 있었다.

신은 방패를 들고 있기 때문에, 이전 이벤트에서 사리에게 썼던 【마지막 검 · 어스름달】로는 막힐 가능성이 있다.

이 스킬은 발동 후에 스테이터스가 대폭 감소하고 일부 스킬을 쓸 수 없어진다.

대신 위력이 강하고 고속이다.

일대일 상황에서만 쓸 수 있는 오의라는 소리다.

신이 방패만 가지고 있지 않았으면 정말로 지금 당장 발동했겠지.

"합……! 흡!"

카스미는 몸을 비틀고 칼을 휘둘러서 날아오는 검을 피했다.

카스미가 신에게 접근하지 못하는 것은 아무래도 이 사정거리 차이 때문이다.

더불어서 지난번에 싸웠을 때와 비교해서 검의 조작이 늘었기 때문이기도 했다.

이대로 가면 슬금슬금 불리해진다고 실감한 카스미는 스스로 치고 나갔다.

"【제4의 검 · 선풍】!"

고속의 4연속 공격. 신은 그것을 방패로 확실히 받아냈다.

반격하는 검이 날아와서 카스미의 HP를 줄였지만, 아직 견딜 수 있다.

【붕검】은 일격의 위력 대신 공격 횟수를 손에 넣는 것이다.

모든 검이 클린 히트하지 않는 한 아직 살아남을 수 있다.

"【제7의 검 · 파쇄】!"

넉백 효과를 가진 상단세에서의 내려베기.

신은 이것을 막아내고 후퇴했다.

이 스킬의 진가는 양자의 장비에 큰 대미지를 줄 수 있다는 점이다.

당연히 적의 장비에 주는 대미지가 크지만, 자기 무기에 돌아오는 대미지도 무시할 수 없다.

즉, 카스미는 자기 HP가 바닥나기 전에 신의 방패를 파괴하여서 단숨에 승리하는 것이 최선이라고 생각한 것이다.

"생각보다…… 공격력이 올랐잖아!!"

신은 밀리지 않도록 카스미의 뒤에서 수중으로 검을 되돌리고 견제했다.

그리고.

"【붕검】!"

두 번째 스킬 발동.

카스미가 모르는 신의 새로운 힘.

신의 검은 더욱 작아져서 스무 개로 갈라졌다.

신은 그것으로 면 공격을 시도했다.

정면에서 검들이 벽을 이루고 밀려오는 것은 예상 밖이기도 했기에 카스미는 대부분 맞아버렸다.

하나하나의 대미지는 작다고 해도, 회복할 틈도 없으니까

HP는 이미 한계였다.

"……어쩔 수 없나."

그렇게 말하며 카스미는 온몸에서 힘을 뺐다.

"이번에는 내가 이기겠어!"

아까와 같은 면 공격이 카스미를 덮쳤다.

"【시작의 검 · 허(虛)】."

카스미의 머리칼이 하얗게 변하고, 눈동자가 진홍색을 띠었다.

신이 그 모습을 보고 강하게 경계했다.

지난번에 졌을 때는 이 모습이 된 카스미에게 당했기 때문이다.

경계하는 신의 앞에서 카스미의 모습이 사라졌다.

"……! 어디냐?!"

"여기야."

신의 뒤에서 들려온 목소리.

그리고 신이 돌아보기도 전에 신의 복부에 두 개의 팔이 생겨났다.

정확하게는 뒤에서 카스미의 팔이 꿰뚫은 것이다.

"……제길, 또 졌나."

그런 말을 남기고 신은 빛이 되어 사라졌다.

"……이번에는 무승부, 아니, 패배인가."

혼자 남은 카스미는 중얼거렸다.

방금 쓴 스킬에도 【마지막 검】과 마찬가지로 대가가 있다.

그것은 스테이터스 감소 정도가 아니다.

그렇다. 장비의 내구치를 대폭으로 깎는 것이다.

그리고 이미 소모됐던 카스미의 장비는 장식품을 남기고 모두 깨졌다.

당연히 칼도 사라졌다.

"이 정도까지 망가지다니…… 조금 소모가 심했나……."

이 상태로 다른 플레이어와 조우하면 위험하다.

그렇기 때문에 카스미는 서둘러 예비 무기를 장비하고 【초가속】을 사용하여 길드로 돌아가기로 했다.

"하아……. 마음에 드는 거였는데."

아끼는 칼을 잃는 바람에 카스미의 분위기는 가라앉을 뿐이었다.

길드로 돌아가 이즈가 새 칼을 만들어 준다고 해서 카스미의 기분이 급상승할 때까지 5분 남았다.

카스미가 신과의 사투를 마쳤을 무렵, 메이플은 파괴를 흩뿌리며 걷고 있었다.

"다음은…… 여긴가!"

걷는 게 귀찮아진 메이플은 시럽의 등을 타고 날아가기로 했다.

당연히 눈에 띈다.

길드 근처까지 가자 지상에서 고함소리가 들렸다.

"【애시드 레인】."

플레이어를 좀먹는 비가 지면을 향해 쏟아졌다.

"비~야~내~려~라~!"

그렇게 한동안 비를 뿌린 메이플은 플레이어가 줄어든 것을 확인하고 지면으로 뛰어내렸다.

"【포식자】."

이미 대미지를 받은 플레이어들은 괴물이 몇 번 공격하자 쓰러졌다.

"우후후……. 그럼 오브를 가져가겠습니다."

메이플은 다음 표적을 지도로 확인하고 붕괴한 길드를 뒤로했다.

"으음…… 【포학】으로 뛰어가고 싶지만 아직 안 되고……. 사리의 민첩성만 빌려올 수 있으면 좋겠는데."

지금 메이플은 그런 짓을 할 수 없다.

기껏해야 사리에게 업혀 가는 정도다.

사리가 드러누운 이상, 그게 언제쯤 가능할지는 알 수 없다.

"역시 시럽을 타고 가는 게 제일 빨라."

메이플은 눈에 띄든 말든 관계없이 시럽을 타고 하늘을 날아갔다.

"추격자가 전혀 없네. 사리는 추격자들 때문에 고생했다고 그랬는데."

사리는 훔치기만 했던 것에 비해서 메이플은 정면에서 깨부수고 오브를 빼앗았다.

그런 메이플을 쫓아올 바보는 없다.

설령 길드 여섯 개를 짓밟았다고 해도 말이다.

"사리의 예정보다 빨리 오브가 모였으니까 여유 있어!"

메이플이 시럽의 등딱지 위에 드러눕자, 밑에서 검이 맞부딪치는 소리가 들려왔다.

메이플이 시럽의 가장자리로 가서 아래를 내려다보자, 몇몇 길드가 오브를 두고 싸우고 있었다.

강자와 만나서 오브를 잃은 길드가 우르르 모인 것이다.

"싸우고 있나……. 아! 저 오브, 내가 다음에 차지하려던 오브다!"

마법이 오가고 검이 튕기는 전장에 오브가 있는 것을 알았다면, 내버려두고 다른 곳으로 갔겠지.

사리라면 그랬을 것이다.

다만 메이플은 재빨리 오브로 접근해서 아무런 주저도 없이 그 중심에 뛰어내렸다.

하늘에서 뛰어내린 재앙이 전장의 중심에서 괴물과 함께 일어섰다.

"그 오브, 내 거야!"

결코 그렇지 않다.

다만 그 말이 현실이 될 가능성은 지극히 크다.

"【히드라】!"

아래에 쏟아진 독의 격류는 지면에 튀면서 쏟아졌다.

메이플을 중심으로 마치 분수처럼 퍼지는 강력한 독은 운 나쁘게 근처에 있던 플레이어부터 차례로 삼켰다.

그리고 독의 지면은 메이플의 주위에 플레이어를 접근시키지 않는 효과도 있었다.

예상이 불가능한 행동으로 상대의 머리를 한순간 정지시키는 것은 메이플의 강점이겠지.

메이플이 뛰어내릴 거라고 생각하고 전투를 하는 이가 과연 누가 있을까.

하지만 메이플이 받침대를 보니 오브는 이미 거기에 없었다.

반응이 빨랐던 자가 기회가 왔다는 듯이 오브를 손에 넣은 것이다.

하지만 그게 누구인지는 메이플도 모른다.

"어라? ……어쩐다……. 아, 그래! 시럽, 【대자연】!"

메이플이 지금 있는 곳은 나무가 적당히 난 평지다.

어느 정도의 범위를 넝쿨로 다급히 격리한 메이플은 주위를 둘러보았다.

오브를 손에 넣은 플레이어가 아직 그리 멀리 도망치지 못했을 거라고 예상한 메이플은 넝쿨의 감옥을 만들어서 많은 플레이어를 붙잡았다.

"사리의 메모는…… 【확실히 입수하지 못했을 때는 전멸시켜라】인가. 오케이!"

누가 오브를 가졌는지 모른다면 전부 쓰러뜨리면 된다.

간단히 할 수 있는 일은 아니지만, 전력을 다하는 메이플이라면 쉽다.

다만 지금 메이플은 아직 족쇄를 찬 상태라서 전력으로 싸울 수 없다.

그렇기 때문에 지면을 독으로 채우면서 걸어가 플레이어가 움직일 수 있는 범위를 없애고 일망타진할 수밖에 없었다.

하지만 조금 전까지 싸우던 플레이어들이 갑자기 단결하여 생존을 위해 움직였기 때문에 다리가 느린 메이플로서는 한 명도 붙잡을 수 없었다.

"우우……. 이거 못하겠어! 시럽!"

메이플은 시럽에게 명령하여 스스로를 넝쿨 안에 가두었다.

곧바로 넝쿨로 생긴 구체가 감옥 상공으로 떠올랐다.

"【포신 전개】."

메이플의 몸에서 나온 병기, 사리를 도울 때와 비슷한 공격.

다만 이번에는 그때보다 훨씬 공을 들였다.

"【공격 개시】."

지상을 향해 차례로 떨어지는 레이저를, 독 지면을 회피하면서 한정된 범위로 계속 피할 수 있는 플레이어는 여기에 없었다.

한 명, 또 한 명. 바닥, 혹은 머리 위의 위험에 빨려들었다.

실패했을 터인 독바다가 지금은 절대적인 효력을 발휘했다.

"슬슬…… 내려갈까."

메이플이 지면에 내려가서 살아남은 플레이어를 찾다가 독에 잠긴 오브를 발견했다.

"아! 쓰러뜨렸구나. 다행이다……."

메이플은 오브를 줍고 감옥을 해제한 뒤에 시럽을 타고 하늘로 돌아갔다.

"【히드라】는 슬슬 삼가는 편이 좋을까……. 하지만 아직 기계 모습을 보일 수는 없고, 지금처럼 해도……. 으음."

2일차도 아직 오전이다.

사리와 또 다른 이유로 메이플로 하루 종일 밖에서 침략만 하고 있을 수는 없었다.

"앞으로 하나…… 아니 둘? 응, 그렇게 하자."

다음 목표를 정하고, 그게 끝나면 일단 돌아가기로 했다.

【단풍나무】 거점을 방어하는 멤버들은 아무것도 하는 일이 없었다.

현재는 아군의 오브밖에 없기 때문에 되찾으러 오는 사람이 없다.

사리는 아직 일어나지 않았고, 이즈는 카스미의 칼을 만들고 있다.

카스미는 칼이 신경 쓰이는지 안절부절못하고 이즈의 주위를 오가고 있었다.

【단풍나무】를 공격하려면 지금이 기회지만, 첫날의 임팩트가 너무 강렬해서 이미 정찰도 오지 않는 판이었다.

◆ □ ◆ □ ◆ □ ◆ □ ◆

메이플이 밖에 풀려난 뒤로는 관전구역 여기저기서 그 위험성이 이야기되고 있었다.

"어이, 저거 뭐 하는 거야?!"

"아아…… 잠깐 못 본 사이에 성장했구나……."

언젠가 상대할지도 모른다고 생각하면, 어떻게 손쓸 수가 없다며 웃을 수밖에 없을 정도였다.

"독 이외도 쓰게 됐나……, 아니, 저거 뭔데? 포, 포격? 저 날개는 뭐야?"

"활을 쓰는 게임에서 왜 레이저를 쏘는데?!"

"아니, 그보다 저 양옆에 있는 거…… 뭐지? 지옥 밑바닥에서 끌려나온 듯한 저거."

"아아아아! 다음에 만나면 끝장이야! 좀 살살 진화해 달라고! 심장에 안 좋아!"

어느 틈에 이미 메이플의 위험성은 곱절이 되어 있었다.

"한가운데 있는 메이플이 천사의 날개가 생겨서 귀여워 보이는 반면, 양옆이 너무 추악하잖아. 저런 건 데리고 다니지 말라고…… 진짜로."

그리고 메이플의 모습에 대해 이야기하고 있자, 거기에 휘말려서 희생되고 탈락한 플레이어들이 또 나타나 메이플에 대해 말하기 시작했다. 정보를 얻지 못하면 앞으로 메이플을 어떻게 할 수도 없다.

"천사가 뭔지는 영상만으로는 알기 어려운데…… 현지에서 희생자가 된 녀석 말로는, 공격을 대신 맞는다나? ……이미 지로는 범위 안에서 계속 【커버】하는 느낌? 인가 봐."

"천사가 아니었다……? 어어? 메이플이 항상 커버?"

"지옥이냐. 겉모습은 예쁜데 말이야."

"누가 그걸 잡아? 강한 자가 있으면 도망치든가, 근처도 안 간다, 이게 살아남는 방법이야."

"이번에는 오브가 있으니, 그렇게도 안 되잖아."

"아, 그리고 메이플 때문에 존재감이 흐리지만…… 망치 들고 있는 꼬맹이들? 그거 뭐야? 이상하잖아."

"일격에 죽었다고 말하는 녀석도 있었어."

"거기에 일반인은 없어? 랭커랑 괴물밖에 없는 거야?"

"랭킹도 5위야. 메이플을 쓰러뜨릴 수 없으면 오브를 빼앗을 수 없는 불지옥 난이도니까, 아무도 거기에는 안 가."

"하이 리스크 로우 리턴······? 아니, 로우도 아니고 노 리턴이야."

"조만간【집결의 성검】이나【염제의 나라】랑 붙을지도 몰라. 길드도 쭉쭉 당해서 줄어드는 중이고. 순위도 상위를 지키고 있으니, 계속 남아 있겠지."

관전자의 눈에는 이 두 길드가 당할 거라고 보이지 않았다.

"뭐, 영상도 모든 곳을 다 볼 수 있는 것도 아니고······ 메이플과 붙는 건 볼 수 있다면 보고 싶기도 해."

그런 이야기를 하는 사이에도 탈락자들은 속속 나타나서 이벤트에서 만난 강한 플레이어 이야기를 했다.

5장 방어 특화와 출격 준비.

이벤트 2일차도 오후로 접어들 무렵.

【단풍나무】 안쪽에서 사리가 천천히 일어났다.

"……메이플은 잘하고 있을까."

사리가 지도를 열어서 메이플의 위치를 확인하자, 메이플은 마침 【단풍나무】를 향해 돌아오는 움직임을 보였다.

"슬슬, 가자."

무리를 하며 계속 집중했기 때문에 아직 컨디션은 별로지만, 계속 자고 있을 수도 없다.

사리는 일어서서 오브가 있는 방으로 향했다.

사리가 방어에 복귀했을 때는 여전히 아군의 오브가 있었다.

사리는 안도한 기색으로 기지개를 켜면서 길드 멤버에게 다가갔다.

"오, 일어났나. 어쩔래? 또 밖에 나갈 거야?"

크롬의 질문에 사리는 그럴 생각이 없다고 대답했다.

아직 컨디션이 별로기 때문에 모든 공격을 회피할 수 있을지

불안했다.

또 2일차가 되면서 길드에 따라서는 기습 대응이 발전했을 거라는 예상도 있었다.

기습에 실패하면 당하기만 하기 때문에, 사리는 외출을 하더라도 밤에 하기로 결심했다.

그리고 사리는 마음에 걸린 바를 말했다.

"카스미는……."

"어……. 새 칼이 완성된 뒤로는 저런 느낌이야."

그리고 두 사람은 카스미 쪽을 보았다.

표정은 여태까지 본 적 없을 정도로 풀어졌고, 칼집을 바라봤다 칼을 바라봤다를 반복하고 있었다.

"하아아아…… 좋다……."

카스미는 한동안 이쪽 세계로 돌아오지 않겠지.

"카스미는 【붕검】을 쓰러뜨렸다고 하고……. 후반에 들어가면 얼마나 톱 클래스가 죽을지……."

"최종일은 어수선하겠네요……. 아마도 살아남았겠고."

드레드나 신이나 강자와 맞붙었기에 당한 것이다.

강자와 강자가 만나지 않으면 그들은 순조롭게 살아남겠지.

그런 이야기를 하고 있는데 메이플이 돌아왔다.

"나 왔어~! 오브 아홉 개를 가져왔어!"

"우와아……. 여전히 진짜로 기가 막히네……."

사리는 자기가 가져온 오브의 숫자와 비슷한 양을 가지고 돌아와도 쌩쌩한 메이플을 보고 거듭 그렇게 생각했다.

"사리의 지도 덕분이지. 그게 없었으면 길드를 쉽게 찾을 수 없으니까……."

"그래? 도움이 되어서 다행이야."

메이플은 오브를 세팅하고 일단 그 자리에 남기로 했다.

스킬 사용 횟수가 줄어든 것도 있지만, 확률이 낮기는 해도 모든 길드가 오브를 되찾으러 오면 위험한 탓이기도 했다.

자기 발로 사지로 가는 플레이어는 그리 없겠지만, 경계해서 손해 볼 일은 없다.

"다음은…… 하늘에서 본 느낌으로는 꽤 여러 곳에서 싸움이 일어났어. 여러 번 당한 사람도 있는 느낌이었어."

"제법 어수선한가. 뭐, 대규모 길드에 오브를 빼앗기고 되찾기를 포기한 녀석들이 다른 곳을 공격하겠지."

"크롬 씨와 같은 의견이야. 딱 좋게 숫자가 줄어들고 있을지도."

사리처럼 첫날에 날뛴 플레이어들이 만들어낸 격전의 흐름은 아직 끊어지지 않았다.

오히려 더 심해졌다고 할 수 있다.

"방어는 마이와 유이가 강하니까. 이 지형이 우리에게 많이 유리하게 작용하고 있어."

현재 마이와 유이는 쇠구슬로 캐치볼을 하고 있다.

두 사람은 이동 속도도 느리고, 혼자서 다수를 상대할 때는 많이 약해서, 이번 이벤트에서는 아무래도 밖에 나가서 활약할 수 없는 타입의 플레이어인 까닭에 방어를 맡았는데, 그래선 지금 상황이 너무 한가했다.

"이번 방어가 끝나면…… 마이와 유이에게도 활약을 시키고 싶어."

"응? 하지만 사리. 두 사람은 이미 활약하고 있는데?"

"아, 으음. 밖에서, 말이에요."

하지만 그러려면 기동력이 필요하다고 크롬이 말하기 전에 사리가 메이플에게 말했다.

"메이플, 다시금 공격 나가는 건 힘들지?"

사리가 묻는 것은 스킬 소비가 괜찮냐는 점이다.

얼마 전까지 잠들어 있었는데도 메이플의 현황을 대충 파악하는 것은 그걸 알만큼 오랫동안 함께 있었기 때문이다.

"으음…… 그래……. 아, 그렇구나!"

"그래, 두 사람을 데려가면 메이플의 부담은 줄어……. 방어에 사람을 할애할 필요가 없어진 느낌도 들고."

게다가 메이플이라면 고속으로 돌아올 수도 있다.

메이플은 방어의 핵이고 공격의 핵이었다.

"그럼 일단 지켜낸 다음에 두 사람을 데리고 한 번 나갈게."

"부담 줘서 미안해……. 괜찮아?"

자기가 움직일 수 없게 됐기에 사리는 너무 고생을 시키고 싶지 않았다.

"제2회 이벤트에서 단련했으니까! 게다가 내가 걷는 것도 아니고."

사리처럼 뛰어서 이동하는 의미가 없기 때문에, 느긋하게 공중을 가는 메이플은 피로가 잘 쌓이지 않는다.

"그럼 부탁할게."

"응!"

세 시간 뒤, 메이플은 최강의 창을 두 개 가지고 다시금 전장으로 나갔다.

지속적으로 화력을 낼 수 없는 메이플의 약점은 마이와 유이가 커버했고, 마이와 유이의 약점인 내구력은 메이플이 커버한다.

능력치가 편중된 세 사람은 모이면 그게 자연스러운 것처럼 완벽하게 딱 들어맞아서 한층 흉악해지는 것이다.

2일차의 정오를 지날 무렵이 되자, 1위를 차지할 가능성이 있는 길드는 꽤 좁혀졌다.

그중에서 【단풍나무】와 【염제의 나라】와 【집결의 성검】이 앞서 있었다.

대규모 길드 사이에 유일하게 파고든 소규모 길드가 내뿜는 이질적인 분위기는 모두가 느끼고 있었다.

　물론 【염제의 나라】 멤버들도 【단풍나무】를 경계하고 있었다.

　특히나 메이플이 배회한다는 사실이 정찰부대를 통해 알려진 뒤로는 마르크스도 덫의 종류를 바꾸는 등 대책을 세우게 됐다.

　"하지만…… 메이플이라…… 안 오면 좋겠는데……."

　"그러네요. 거기에는 동감입니다. 신도 죽어서 돌아왔고, 그 길드는 좀 얌전히 있어 주면 좋겠는데요……."

　【트래퍼】 마르크스와 【성녀】 미저리는 메이플과의 궁합이 좋지 않다.

　두 사람 다 메이플을 상대할 결정타가 부족하기 때문에, 혼자서 쓰러뜨리기란 대단히 어렵다.

　신은 꿋꿋하게 재출격했기 때문에 여기에는 없다.

　미이도 외출 중이다.

　그런 이야기 중에 한 플레이어가 허둥지둥 달려왔다.

　"마르크스 씨! ……거북이가 이쪽으로 날아오고 있습니다!"

　"헤에……? 아……."

　"자…… 어떻게 할까요?"

　두 사람 다 하늘을 나는 거북이라면 이 세계에서 한 마리밖에 모른다.

그리고 그것은 바로 지금 화제에 오른 인물이자 최상급의 위험인물의 접근을 의미했다.

"미저리…… 미이 불러……."

"예. 그렇게 하지요."

"나는 열심히 시간을 벌게. 그럴 테니까…… 벌 수 있으면 좋겠다."

"그럼 다녀올게요."

두 사람은 관통 스킬을 가진 플레이어를 데리고 거북이가 날아온다는 방향으로 달려갔다.

요격 장소에 도달한 두 사람은 아득히 멀리서 천천히 하늘을 날아 다가오는 그림자를 발견했다.

두 사람이 그 방향을 바라보는 동안에 조금씩 그 모습이 커졌다.

"미이는……?"

"서둘러 온대요."

"알았어. ……10분은 벌게. 그 이상 걸리면……."

미이의 도착이 그보다 늦을 경우는 방어 실패의 가능성이 급증한다는 소리다.

"저도 원호하겠습니다."

"응…… 일단은 지면으로 끌어내리자. 활과 마법 준비."

두 사람은 그렇게 준비를 했지만, 곧 사거리에 들어오려는 찰나에 거북은 그 모습을 감추었다.

그리고 지면을 향해 떨어지는 세 개의 그림자.

세 사람은 모두 발이 느리고, 제각기 이상한 점이 있었다.

한 명은 아름다운 순백의 날개를 가졌고, 양옆에는 그와 어울리지 않는 이형의 괴물을 데리고 있었다.

두 사람은 대형망치를 양손에 하나씩 들고 있었다. 작은 몸에 거대한 무기가 강렬한 위화감을 만들었다.

마르크스에게 하늘을 날지 않는 것은 좋은 신호였지만, 하늘을 나는 편이 훨씬 위화감이 적었겠지.

"괜찮아……. 나는 시간만 벌면 돼."

마르크스에게는 이길 생각이 없었다.

그저 버티는 것.

그것이 지금 할 수 있는 일이라고 이해했다.

똑바로 걸어오는 메이플은 마르크스가 설치한 덫을 차례로 밟았다.

다만 그것들은 아무런 효력도 발휘하지 않았다.

발동은 하지만, 모두 압도적인 방어력에 무효화되는 것이다.

"역시…… 안 통하나……."

벌써 덫이 몇십 개 날아간 건지 마르크스도 몰랐다.

하지만 마르크스는 메이플이 올 때를 위한 대비를 확실히 마련했었다.

"걸렸다……!"

메이플이 덫을 밟자, 밟은 자리에 차례로 식물이 뻗기 시작했다.

그것은 메이플의 팔이나 다리를 붙들어 그 걸음을 느리게 만들었다.

이렇게 진행을 방해하는 덫은 기동력이 낮은 메이플 같은 플레이어에게 효과적이다.

파괴하려면 덫에 일정한 대미지를 줄 필요가 있는데, 구속된 메이플은 무기로 공격을 할 수 없다. 마르크스는 자기가 가진 스킬 중에서 효과적인 것을 꼽으며, 메이플이 가진 스킬에 어떠한 제한이 있을지 예상했다.

대규모의 스킬을 그리 펑펑 쓸 수 없을 거라고 생각했고, 혹시 그걸 쓰게 만든다면 나중에 미이가 싸우기 편해질 거라고 예상했다.

마르크스는 여기서 자기가 한 번 죽어도 어쩔 수 없다고 생각했기 때문에, 메이플이 스킬을 쓰더라도 상관없었다.

"어……?"

하지만 제법 튼튼한 식물을 일격에 분쇄하는 마이와 유이를 예상하지 못했다.

"어어……? 진짜야?"

덫은 차례로 발동하지만, 대미지는 메이플이, 구속은 마이와 유이가 각자 맡아서, 멀쩡한 모습으로 조금씩 다가왔다.

"미저리!"

"예!"

미저리의 지휘에 따라 방어 관통 능력을 가진 마법이 움직임이 느린 메이플에게 날아갔다.

원거리 마법 공격으로는 그리 쉽게 치명상을 줄 수 없다.

그래도 회피 행동을 취하게 할 수는 있다. 그리고 그것은 시간을 버는 것으로 이어진다.

메이플 일행은 생각만큼 전진하지 못하고 있었다.

피한 곳에는 또 다른 덫이 있고, 특히나 메이플이 구속됐을 때 관통 공격이 겹쳤을 경우의 시간 낭비는 꽤 컸다.

메이플이 스스로 구속을 돌파할 수 있으면 침략은 간단하다.

"사리의 어드바이스…… 응."

메이플은 숨을 흐읍 들이마시더니 마르크스 쪽에게 들리도록 스킬명을 외쳤다. 그리고 그다음에 들리지 않도록 작은 말을 덧붙였다.

"【무기 성장】!………【도신 전개】."

단도를 든 메이플의 팔이 금속으로 뒤덮이고, 메이플의 키 정도 되는 검 형태가 됐다.

사리의 어드바이스.

그것은 혹시 어떻게 할 수 없을 때가 오거든 【기계신】을 그럴싸하게 위장해서 메인인 총격의 정체를 숨기고 쓰라는 것이었다.

검이 되어 무거워진 한 손도 스킬의 보조로 움직일 수 있다. 메이플은 그대로 거대화시킨 단도를 식물에 대고 끊고선, 그대로 휘둘러서 팔다리를 묶은 나머지 식물도 끊어냈다.

마르크스가 보자면 모든 대책을 뛰어넘으니까 귀찮기 짝이 없겠지.

"가자!"

""예!""

한 발 앞으로 움직일 때마다 차례로 덫이 발동하고 벽이 솟구치고 지면이 함몰하고 하늘에서 마법이 떨어졌다.

그래도 세 사람의 걸음은 멈추지 않았다.

마이와 유이의 파워가 장애물을 일격으로 산산이 부숨으로써, 마르크스가 메이플을 상대로 가장 유효하다고 생각했던 종류의 덫은 죄다 불발로 끝났다.

"어쩔 수 없네…… 다들 돌아가."

마르크스는 미저리를 남기고 모든 플레이어를 거점으로 돌려보냈다.

"죽을 각오네요."

"응……."

덫을 돌파당했어도 아직 최대의 방어 전력이 남아 있다.

그것은 바로 두 사람 자신.

지금 상황에서 임기응변에 대응할 수 있는 마지막 보루다.

마르크스와 미저리는 양쪽 다 마법 공격이 주체다.

그리고 메이플의 천사 날개의 방어 필드를 알아차렸기 때문에, 그 범위에 들어가지 않도록 하면서 관통 공격을 할 수 있다.

메이플의 스킬로 희미하게 빛나는 지면이 그대로 마이와 유이의 행동 범위가 되기 때문에, 그 범위에 들어가는 것은 아주 위험하다.

마이와 유이로서도 덫이 넘쳐나는 이 장소에서 메이플의 능력이 미치지 않는 범위로 나갈 수 없다.

메이플은 대미지를 회복하기 위해 공격을 두 사람에게 맡기고 【명상】을 시작했다.

""【비격】!""

마이와 유이에게는 원거리 공격이 있다. 그것도 필살의 위력을 가진 것이다.

다만 이것도 거리가 벌어지면 맞지 않는다.

이대로 가다간 서로 유효타가 없는 채로 원거리 공격을 거듭하게 된다.

그리고 그것은 지금 끝났다.

"【히드라】!"

갑자기 발사된 【히드라】는 순식간에 마르크스가 도망칠 곳을 빼앗았다.

단 일격으로 모든 것을 빼앗는 힘.

메이플과 마르크스, 자기 강점을 발휘할 수 있는 것은 메이플이었다.

덫이 특기인 마르크스의 덫이 돌파당한 이상, 메이플이 이기는 건 당연하다고 할 수 있다.

"큭! 【리절렉트】!"

미저리가 날린 하얀 빛이 사라지는 마르크스를 감쌌다.

그것은 미저리가 【성녀】인 이유.

스킬이 제대로 발동하려면 사망 직후에 맞춰야만 하지만, 완전히 죽은 이를 살려낼 수 있는 스킬이다.

"【원격설치 · 암벽】! 【원격설치 · 바람칼날】!"

되살아난 마르크스는 재빨리 덫을 뿌리며 메이플 일행의 행동을 방해했다.

하지만 이번에는 미저리가 표적이 됐고, 추격타를 날릴 것이라고 예상해서 설치한 덫이 오히려 문제가 됐다.

"큭……!"

【리절렉트】는 자기 자신에게 쓸 수 없다.

미저리가 살아남기 위해서는 대가가 너무 크다.

그럴 거면 여기서는 한 번 죽는 게 나을 정도다.

회복 마법은 모든 공격이 일격필살인 마이와 유이의 공격력과 궁합이 좋지 않다.

　한 번 설치한 마법의 장벽을 파괴하고 날아오는 충격파에 미저리가 눈을 감았다.

　"먼저 죽어서 돌아갈까요……."

　그렇게 체념한 미저리에게 마이와 유이가 다가온다.

　더 가까운 곳에서 확실하게 공격을 적중시키기 위해서.

　"왜 포기하는 거야?"

　하지만 그걸 가로막는 이가 있었다.

　폭염을 뿌리고 화염을 몸에 두른 미이였다.

　미이는 즉각 【염제】를 사용하고 이어서 【폭염】을 써서, 날아오는 마이와 유이에게 폭풍을 날렸다.

　다만 넉백 효과는 대미지를 대신 맞는 메이플에게 들어가므로 두 사람의 발을 묶는 것으로 직접 이어지지 않았다.

　다만 메이플의 위치가 바뀌면 무적 공간도 변한다.

　그러면 마이와 유이는 마르크스의 지뢰밭인 필드를 통과할 수 없기 때문에 물러날 수밖에 없어진다.

　결과적으로 미이가 순간적으로 취한 방어 수단은 최고의 효과를 거두었다.

"【폭염】!"

"커, 【커버 무브】!"

미이가 메이플을 날려버리면 메이플이 서둘러 뛰어서 돌아오는 마이와 유이 쪽으로 이동한다.

"마이, 유이, 이쪽이야!"

메이플은 시럽을 불러내어 두 사람을 등에 태우고 상공으로 도망쳤다.

강력한 넉백을 가진 이가 있는 상황에서 마이와 유이를 지켜 낼 수 없는 가능성이 있기 때문이다.

"【염창】, 【플레어 액셀】!"

미이는 중거리에서 【염제】로 공격, 그리고 그 손에 든 화염의 창과 가속으로 근거리 공격을 나눠 쓰며 계속 공격했다.

메이플은 검이 된 왼손을 휘둘렀지만, 미이의 속도를 따라가지 못했다.

【포식자】도 미이를 맞추지 못하고 있었다.

"【염제】로도 안 되나……!"

다만 미이도 대미지를 주지 못하고 있었다.

미이는 자신의 최고 화력이라면 혹시 뚫을 수 있지 않을까 생각했지만, 그렇지 않았다.

"미저리! 마르크스!"

"예!"

"응!"

"【폭염】!"

"우와! 뭐야!"

미이의 넉백 공격에 날아간 메이플을 미저리의 관통 공격이 덮쳤다.

또한 마르크스의 덫이 메이플의 팔다리에 얽혔다.

"우우……."

메이플은 검을 휘둘러서 팔다리를 묶은 식물을 쳐내어 덫에서 탈출하더니 방패로 관통 공격을 막았다.

대검 사이즈의 검과 방패 때문에, 메이플에게 공격을 맞추려고 해도 막히는 경우가 꽤나 많다.

더불어서 노골적으로 위험해 보이는 【포식자】의 공격 범위에 들어가지 않으면 메이플의 반응속도로도 방어할 수 있다.

"어떻게 할까…… 윽!"

거듭되는 미이의 넉백 공격이 메이플의 자세를 무너뜨렸다.

메이플의 몸에 맞지 않아도 【포식자】에 맞으면 메이플에게 넉백 효과가 들어간다.

그리고 그 뒤에 또 덫이 있으니 큰일이다.

"진짜!"

미이, 마르크스, 미저리와의 거리는 어느 정도 벌어졌고, 세 사람 다 메이플보다 빠르기 때문에 지면은 메이플의 발을 묶는 덫으로 가득했다.

상위 랭커 세 명이 메이플과 싸울 생각으로 하는 행동은 몬스터와 전혀 다르다. 메이플에게는 아주 싸우기 껄끄러운 상대다. 그냥 우직하게 덤벼드는 일은 결코 없고, 기동력의 차이로 혼란을 부르면서 차근차근 기회를 노렸다.

메이플은 싸우기 힘든 듯 세 사람의 다음 행동을 지켜볼 수밖에 없었다.

세 사람으로서도 관통 공격이 한 방 들어간 정도로는 의미가 없기 때문에, 공격 수단이 부족했다.

"미저리, 그걸 쓰자! 나중에 방어 전력을 조정해 줘."

"아, 예!"

미이는 마르크스의 덫이 재차 발동됐을 때 스킬을 하나 발동시켰다.

"【화염뢰】."

"응? 뭐야…… 어?!"

메이플을 중심으로 하늘을 향해 불길이 솟구쳐서, 메이플은 화염 장벽에 포위됐다.

위쪽은 트였지만, 높이가 상당했다.

메이플이 화염의 벽을 검으로 베지만, 그 포위는 깨지지 않는다.

"우와?! 대미지가 들어오네?!"

방어력에 관계없이 일정시간마다 대미지가 들어오는 것을 깨달은 메이플은 【포식자】를 되돌리고 일단 포션을 마시면서 스킬이 끝나기를 기다렸지만, 이게 좀처럼 끝나지 않았다.

미이가 아쉬운 심정으로 꺼낸, 하루에 한 번 쓸 수 있는 카드다. 그렇게 간단히 끝날 리가 없다.

"어쩐다…… 으음."

메이플은 어떻게 해야 할지 생각했다.

한편 밖에서는 미이가 MP 포션을 계속해서 비우고 있었다.

【화염뢰】의 유지 시간은 MP가 바닥날 때까지. 상한은 10분.

다만 그 10분을 유지하려면 수십 개의 MP 포션을 비워야만 한다.

이번 이벤트의 성질상 그건 피해야만 하겠지만, 메이플이 상대라면 그럴 수도 없었다.

"자…… 어떻게 한다?"

"저로서는 이대로 쓰러져 줬으면 싶네요."

"응……. 이제 슬슬 덫이 바닥을 보이는 느낌이고…….''

그렇게 말하는 세 강자 앞에서 미이의 불길을 흩으며 하늘로 검은 덩어리가 날아오르더니 화염감옥 밖에 떨어졌다.

세 사람은 너무 강한 탓에, 누르면 안 되는 메이플의 스위치를 눌러버렸다.

"【전 무장 전개】."

세 사람의 앞에서 메이플의 모습이 변했다. 검게 빛나는 병기를 온몸에 두르고 선 그 모습은 강렬한 위압감을 띠었다.

메이플은 이대로는 못 이긴다고 판단하고, 또 하나의 족쇄를 깨뜨리고 새로운 힘을 해방했다.

"이번에는…… 내가 공격하겠어!"

소리를 내며 모든 병기가 세 사람을 향했다.

"【공격 개시】!"

"【폭염】!"

메이플에게서 차례로 날아오는 레이저와 총탄.

미이는 재빨리 방어하고, 마르크스와 미저리를 데리고 메이플의 공격이 닿지 않는 장소인 나무 뒤로 물러났다.

다만 메이플의 공격이 닿지 않는다는 것은 세 사람의 공격도 닿지 않는다는 뜻이다.

마르크스의 구속용 덫도, 추격타가 없으면 그리 큰 위력을 발휘하지 않는다.

"마르크스, 어떻게 생각해?"

"무리…… 저건 무리…….."

"저도 그렇게 생각해요……. 저건 비장의 수일 테니까, 확인한 것만으로도 다행이라고 해야겠죠."

두 사람의 의견을 들은 미이는 조금 분한 듯이 말하기 시작했다.

"……어쩔 수 없네. 졌어. 하지만 그냥은 안 져."

미이는 파란 패널을 부르더니 길드 멤버에게 재빨리 메시지를 보냈다.

"갈까."

"그래요."

미이는 미저리와 마르크스를 데리고 그 자리를 떠나려고 했다.

하지만 미이와는 차원이 다른 폭발음에 무심코 그 움직임을 멈추고 소리가 난 방향을 확인했다.

"찾았다!"

그러자 이게 무슨 일이랴. 망가진 병기를 바닥에 뿌려대는 메이플이 눈앞에 있었다.

그리고 미이가 【폭염】을 두르기 전에 검으로 변한 메이플의 왼팔이 미저리를 꿰뚫었다.

"큭……!"

"【도신 전개】."

메이플의 왼팔에서 추가로 무기가 전개되어 차례로 미저리를 꿰뚫었다.

미저리에게 냉정한 판단력이 돌아오기 전에 메이플은 미저리를 빛으로 만들었다.

"【폭염】!"

미이가 메이플을 날려버린 뒤 마르크스의 손을 잡고 【플레어 엑셀】로 도망치려고 했다.

하지만 뛰어가는 미이의 속도보다 빨리 메이플이 쫓아갔다.

메이플은 자폭을 이용한 기세로 마르크스의 등에 검을 꽂았다.

미저리와 마찬가지로 검을 추가로 만들어서 다리나 팔을 꿰뚫었다.

"아……."

마르크스는 가슴팍에서 튀어나온 커다란 검을 보고 체념한 듯이 시선을 내렸다.

"MP가……!"

미이의 연비는 메이플 급으로 나쁘다.

【플레어 엑셀】을 계속 쓰면서 뛰어다니고, 큰 기술을 몇 차례 쓴 미이는 【아이템 박스】 안에 포션이 남지 않았다.

마법을 써도 앞으로 한 번이겠지.

"……【자괴】!"

미이는 도망치는 대신 갑자기 메이플에게 접근하더니 뒤쪽으로 돌아가서 밀착했다.

그런 미이의 몸을 불길이 뒤덮었다.

"어……! 같이 죽자고……?!"

메이플이 그렇게 말했을 때 미이의 몸이 하늘 높이 불기둥을 만들며 메이플까지 태웠다.

이 이상 유효할 만한 마법은 남아 있지 않았다.

그렇게 사라지는 미이는 마지막에 들었다.

"자폭계의 위력이라면…… 괜찮아!"

메이플의 무자비한 선언을.

◆ □ ◆ □ ◆ □ ◆ □ ◆

불길이 멎었을 때 그 자리에는 메이플 혼자 서 있었다.

"VIT 수치도 스킬을 포함해서 슬슬 다섯 자리고……. 역시 괜찮네!"

메이플은 병기를 모두 집어넣고, 마이와 유이를 태운 시럽을 천천히 지면으로 내려서 그 위에 탔다.

"이렇게 덫이 많을 줄 알았으면 안 내리는 거였는데."

"오브를 회수하고 또 다음으로 가요."

"그래. 쓸 예정 없었는데…… 한 방 먹었네."

메이플 일행이 오브를 회수하러 【염제의 나라】의 거점에 도달하자, 거기에는 오브는 물론이고 플레이어 한 명도 없었다.

"어라?"

"어, 어떻게 된 거죠?"

"…………오브를 가지고 도망쳤나?"

메이플 일행에게 오브를 빼앗겼을 경우, 그걸 거점으로 가지고 돌아가지 않는다면 영원히 오브가 돌아오지 않는다.

미이의 마지막 발악은 메이플의 행동을 최대한 헛수고로 만들면서, 최악의 상황을 회피하는 것이었다.

"어, 어쩌지?! 원래는 여기 오브는 가능하면 차지하는 거였는데…… 우우…….."

"어어…… 그럼 한 가지 생각이 있는데요."

메이플이 유이의 말에 귀를 기울였다.

"마침 이 주위에는 길드가 많이 있으니까, 쓰러뜨리면서 여기 오브를 가진 사람을 찾는 건……."

"……응, 그렇게 하자."

거기서부터 메이플 일행이 취한 행동은 무슨 도장 격파범처럼 정면에서 오브로 가는 길을 나아가는 것뿐이었다.

그 도중에 당한 플레이어는 헤아릴 수 없고, 마이와 유이의 공격을 막아낸 방패와 함께 날아간 플레이어도 헤아릴 수 없었다.

미이 때문에 갑자기 습격당하게 된 길드의 숫자는 여섯. 완전히 화풀이였다.

【염제의 나라】의 멤버는 재빨리 피난한 덕분에, 메이플 일행에게서 오브를 가지고 도망칠 수 있었다.

"한동안 몸을 숨기고 있으면 메이플이 거점 주변의 안전을 확보해 주겠지."

부활한 미이는 메이플의 행동을 예상하며 길드 멤버에게 말했다.

주변의 플레이어 처리를 메이플에게 떠넘기고 안전을 확보하는 대신, 아군 오브의 포인트와 주변 오브의 포인트를 손해본다.

　"뼈아프지만…… 일단 메리트도 있어. 메이플이 건드리면 안 되는 존재라는 걸 알았고……."

　미이 일행은 멀리 도망쳐서 메이플이 돌아갈 때까지 오브를 빼앗는 일에 전념하기로 했는데, 그것은 후에 강력한 길드가 전력으로 공격해 온다는 뜻이다.

　2일차 밤을 앞두고 다시금 상황이 움직이고 있었다.

6장 방어 특화와 포진 변경.

2일차의 해가 질 무렵, 【단풍나무】의 멤버는 모두가 거점에 있었다.

"【염제의 나라】는 메이플이 대부분의 덫을 파괴했으니까 재건하려면 시간이 좀 걸리겠지만…… 역시 오브를 가지고 도망친 건 아프네."

"미안해, 사리. 많이 뒤졌는데 찾지를 못해서."

"【염제의 나라】가 포인트를 벌기 위해 주위를 공격해 준다면 괜찮지만…… 글쎄."

이번에 메이플이 【염제의 나라】를 공격한 이유는 【단풍나무】보다 상위에 있는 길드를 【염제의 나라】의 손으로 줄이기 위해서였다.

【단풍나무】가 상위에 파고들려면 대규모 길드가 좀 날뛰어 줄 필요가 있었다.

이것도 다 대부분의 소규모 길드가 예상보다 빨리 쫓겨나고, 중규모 길드와 대규모 길드의 전투가 많아졌으며, 중규모 길드를 이용한 필드 난투 효과가 약해졌기 때문이다.

【단풍나무】의 목표는 이번 이벤트에서 10위 안에 드는 것이다.

10위 안이라면 보수는 1위든 10위든 변함없기 때문에 현재는 이것을 목표로 하고 있다.

그리고 【단풍나무】는 현재 6위다.

그 밖에는 모두 대규모 길드가 채우고 있기 때문에 1위보다 훨씬 눈에 띄었다.

"역시 그거네. 머릿수에 차이가 있으니까…… 공격하는 페이스는 대규모 길드에 못 당해."

"예상보다 높은 순위지만. 솔직히 이 정도까지 할 줄은 몰랐어."

다만 사리가 복귀했다고 해도 현재 상황에서 1위까지 올라가는 건 어렵겠지.

"이제 겨우 2일차니까 쫓아갈 기회가 없는 건 아니야. 하지만…… 더 벌어지고 싶지는 않아."

【단풍나무】 내부에서 의논한 결과, 이즈와 카나데를 남긴 전원이 밤의 전장에 나가기로 정해졌다.

팀은 사리, 마이, 유이.

다른 팀은 메이플, 카스미, 크롬이다.

메이플을 넣으면 패배가 없다고 생각해도 좋다. 크롬 팀이
안정되게 포인트를 벌면서, 사리 팀에서 마이와 유이의 기습
공격이 어디까지 통할지 확인하기로 했다. 특훈했던 시간이
긴 탓도 있어서 두 사람은 사리와 호흡도 잘 맞았고, 또한 적
의 주의를 잘 끄는 사리의 능력은 미끼가 되기에 딱 좋았다.

"그럼 다녀오겠습니다!"

"다녀와. 나랑 카나데는 여기서 기다릴게."

사리의 지도는 전원이 복사했기에, 그걸 보며 각각 길드를
습격하고 돌아올 예정이다.

관전구역에서는 탈락한 플레이어가 상상 이상으로 많은 것
이 화제에 올랐다. 야습이나 기습으로 플레이어가 엄청난 기
세로 탈락하는 것이다.

"이거, 도중에 대부분의 길드가 전멸하는 거 아냐?"

"그럴 수 있지. 소규모는 아주 박살이 났는걸. 아, 【단풍나무】
는 모르겠네."

거기는 예외라고 말하면서 랭킹을 다시금 확인했다.

"【단풍나무】, 이거 진짜로 상위에 들어가는 거 아냐?"

"【염제의 나라】도 힘든 상태고, 대규모 길드에서도 차이가
나오고 있는데. 【집결의 성검】은 안정됐지만, 【단풍나무】는

어떨지…….”

“아니, 한 번 무너지면 끝이야. 힘들지 않아?”

“메이플의 방어를 깰 수 있을까?”

그렇게 말하자, 힘들지 않겠냐고 말했던 플레이어는 아무 말도 할 수 없게 됐다.

“메이플은 상대에게 전투를 강요할 수만 있으면 강하니까. 도망칠 수 없는 상황으로 몰아붙여.”

“오브는 지켜야 하고, 되찾아야 하니까……. 이거 어쩌면.”

“메이플이니까.”

남자는 그 말을 듣자 왠지 모르게 맞는 말이라고 생각했다.

생각을 포기하게 하는 편한 말이다.

“그 외에는 머릿수가 어떻게 작용하느냐가 중요해.”

“이 정도까지 왔으면 상위에 들어갔으면 싶은데. 대규모 길드만 있는 것도 그렇고.”

“그 마음은 이해하지만, 글쎄. 【단풍나무】는 슬슬 카드가 바닥날 것 같은데.”

“아, 그래, 그게 있지. 그럼 힘든가.”

결국 태반의 플레이어는 대규모 길드가 상위를 독점한다고 예상했다. 그 길드에 당했으니까 이왕이면 상위에 들어갔으면 싶다며 【집결의 성검】이나 【염제의 나라】의 이름이 나왔다. 그런 가운데 일부에서는 【단풍나무】가 상위까지 가지 않을까 싶어서 모니터를 보는 이도 있었다.

그런 이야기가 오가는 가운데, 전투구역의 【단풍나무】의 거점에서는 이즈가 열심히 포션을 생산하고 있었다.

◆ □ ◆ □ ◆ □ ◆ □ ◆

사리 일행은 덤불에 숨어서 길드를 덮칠 찬스를 엿보고 있었다.

사리는 메이플 일행이 【염제의 나라】를 습격하고 돌아올 동안 카스미를 상대로 회피 능력이 얼마나 떨어졌는지를 시험했다.

그 결과, 슬슬 복귀가 가능하겠다고 느꼈기에 공격에 참가하기로 했다.

"휴우……. 좋아!"

사리는 숨어 있던 덤불에서 튀어나가 오브를 향해 달렸다.

"침입자다, 해치워!"

"좋아……! 보인다!"

사리는 달려드는 공격을 피하면서 플레이어를 베고 오브를 노렸다.

"에워싸! 도망칠 곳을 없애!"

재빠른 연계로 사리를 포위하려고 플레이어들이 움직였다.

"나만 신경 쓰다간 무서운 일이……."

사리가 그렇게 말하는 동시에 사리를 주시하던 플레이어가 충격파로 일격에 산산조각 났다.

　무슨 일인가 싶어서 그 방향을 본 플레이어들은 사리의 공격에 당해서 한눈을 팔 수도 없었다.

　여러 플레이어는 덤불에 신경을 쓰면서도 사리 쪽을 볼 수밖에 없었다.

　다만 그러고 있으면 덤불에서 나온 마이와 유이에게 제대로 대처할 수가 없다.

　마이와 유이가 던진 쇠구슬이 사리 쪽을 보던 플레이어의 등에 명중하고, 그 플레이어는 영문도 모른 채 목숨을 잃었다.

　이것을 본 플레이어들은 심하게 동요했다.

　마치 메이플처럼 정체 모를 공격 능력은 생각을 멈추게 할 만큼 효과적이었다.

　"오보로, 【그림자 분신】!"

　그런 가운데 다시금 눈을 끄는 일이 일어나면 이미 제정신으로 있을 수 없다.

　분신한 사리를 어떻게 하려고 했을 때, 이미 마이와 유이의 망치가 플레이어를 사정권에 넣고 있었다.

　망치는 둔한 소리를 내면서 몇몇 플레이어를 한꺼번에 공중으로 날려버려서 반짝반짝 빛나는 빛으로 바꾸었다.

　"마, 말도 안 돼……."

　""【더블 스탬프】!""

　마이와 유이가 차례로 적을 뭉갰다.

물론 마이와 유이를 공격할 수만 있으면 끝이지만, 멍하니 있는 이들은 그럴 수도 없었다. 그렇지 않은 자는 사리에게 등을 돌리고 마이와 유이를 공격한다는 소리고, 사리가 그걸 가만히 둘 리가 없어서 등 뒤에서 아픈 공격을 맞게 된다.

　마이와 유이를 쓰러뜨리려던 플레이어를 처리하는 거야 사리에게는 간단했다.

　사리는 메이플과 전혀 다른 방법으로 마이와 유이를 지켰다.

　단 한 번 공격을 맞기만 하면, 체력이 초기치인 세 사람은 쓰러진다.

　다만 이번에는 그게 가능한 상황을 만들지 않는 쪽으로 전투를 컨트롤했다.

　"오브는 받아가고…… 다음에는 쇠구슬을 더 많이 써보자."

　""예!!""

　세 사람은 다음 목적지를 향해 발을 옮겼다.

　카나데와 이즈는 길드에서 무료하게 있었다.

　"이 근처의 길드는 이미 포기하고 접근하지 않고…… 한가하네."

　"우리를 모르는 길드가 멀리서 올지도 몰라……. 어차."

그 말을 하자마자 입구에서 플레이어들이 우르르 들어왔다.

플레이어들은 멀리서 두 사람의 장비를 보고 생산직과 후위라고 판단한 모양이었다.

"할 수 있다! 전위가 없어!"

검과 방패를 든 플레이어들이 전선을 형성하고 밀려왔다.

"자, 해 볼까."

"그래."

이즈는 두 손에 폭탄을, 카나데는 공중에 떠 있는 책장을 각각 꺼냈다.

【단풍나무】가 두 사람에게만 방어를 맡긴 이유는 공격에 중점을 두었기 때문에 어쩔 수 없이 그런 게 아니다.

방어는 카나데와 이즈로 충분하기 때문이다.

달려드는 전위를 향해 이즈가 던진 폭탄은 그들의 머리 위에서 열 배로 늘어나서 쏟아졌다.

폭염과 충격에 시야를 빼앗기는 가운데, 방패에 몸을 숨겨서 폭발을 버티려던 것도 어쩔 수 없는 행동이었다.

하지만 그 폭탄들은 카나데가 만들어낸 환영에 불과했다.

숫자는 변함없고, 늘어난 만큼의 대미지도 당연히 없다.

그럼 왜 그런 마법을 썼는가, 그것은 일단 이것이 오늘 한정으로 쓸 수 있는 카나데의 【아카식 레코드】의 스킬이기 때문이다.

아낄 것도 없이, 이다음에 마도서로 만들 수도 있으니까 문제없다.

그리고 또 하나의 이유는 시간을 벌기 위해서.

십여 초 동안 이어진 폭염이 수그러들고 시야가 돌아오는 동시에 그들은 각자의 무기를 쥐고 공세로 돌아섰다. 그때 카나데는 파직파직 스파크를 일으키는 하얀 구체를 몸 앞에 띄웠다.

"좋아…… 제때 됐어!"

그것은 압축되어 점점 작아졌고, 위험을 감지한 플레이어들이 다급히 방어 태세로 들어가려던 때 눈부신 빛과 함께 터졌다.

카나데가 쓴 스킬은【파괴포】.

발동에 시간이 걸리고 범위도 한정적인 대신, 압도적인 화력을 내는 스킬이었다. 눈부신 하얀 빛은 카나데의 정면을 다 불태웠다.

빛이 수그러들었을 때, 한데 뭉쳤던 플레이어들을 둘로 가르듯이, 아무도 없어진 외길이 생겨나 있었다.

"이즈, 마도서를 너무 쓰고 싶지 않으니까……."

"알았어, 그거 말이지."

이즈는 파우치에서 새까만 액체가 담긴 병을 꺼내어 카나데게 건넸다.

이즈가 카나데게 준 아이템은【새로운 경지】로 만들 수 있게 된, 단시간에 MP 회복 속도를 비상식적으로 올리는 약이다.

카나데는 그걸 마시더니, 정신을 차린 플레이어들의 눈에 새롭게 전개된 무수한 마법진을 새겨 주었다.

그것들은 분명히 말하고 있었다.

죽기 싫으면 물러가라고.

"큭…… 중지다! 후퇴!"

방패를 들고 방어에 전념하는 채로 뒷걸음쳐서 나가려는 플레이어 몇 명이 마법 발동으로 쓰러졌을 때 철수는 끝났다.

그들이 물러날 수 있었던 것은 이즈와 카나데가 너무 깊이 쫓지 않기 때문이다. 마이와 유이가 있었으면 봉인 줄 알았던 길드가 사실 그렇지 않다고 깨달은 순간 이미 전멸했겠지. 메이플이 있을 경우에도 그렇다.

"강력한 마도서는 한정되니까, 바로 물러나서 기뻐."

카나데는 【아카식 레코드】로 뽑아낸 마법을 모두 마도서로 바꾸어 보존할 수 있지만, 매번 좋은 마법이 걸리는 것도 아니기 때문에 쓸모없는 마법도 있다.

물론 【파괴포】처럼 강력한 마법도 있지만, 카나데의 말처럼 소수다.

"【집결의 성검】 같은 대규모 길드가 올 가능성도 있고, 중요한 마도서는 남겨야 해."

이번에는 쉽사리 물러나 주었지만, 다음 적도 그렇다고 할 수는 없다.

다만 2일차가 되면서 사망 횟수에 여유가 없는 길드도 늘어났기 때문에, 신중해져서 물러날 가능성은 많이 커졌다고 할 수 있다.

한편 메이플 일행은 시럽을 타고 비행 중이었다. 기동력에 차이가 있는 카스미, 크롬, 메이플이 함께 행동할 경우, 이것이 보조를 가장 잘 맞출 수 있는 이동 방법이다.

"최근 나를 보면 다들 방어 관통 스킬을 쓰게 됐어……."

"뭐, 그렇겠지."

"나라도 그렇게 한다."

메이플의 존재가 알려져서, 지금은 메이플에게 대미지를 줄 수 있다고 알려진 방어 관통 스킬을 쓰는 것이 모든 플레이어의 상식이 됐다.

메이플이 보자면 제1회 이벤트 때와 비교해서 껄끄러운 환경이 된 것이 틀림없었다. 설령 쓰러지지 않는다고 해도 애초에 대미지를 입는 것이 별로다.

"【피어스 가드】만으로는 포위됐을 때 어떻게 안 되고…… 무슨 수 없나."

【피어스 가드】는 방어 관통 효과를 무효로 만들 수 있지만, 발동 시간은 짧다.

"일단 주위에 독을 뿌리면 접근할 수 없을 거라 생각하는데, 독 대책을 한 녀석도 늘어났으니까 말이지……."

그런 소리를 하는 사이에 목적하는 길드에 접근했다.

"뛰어내릴게요!"

"……그래."

"……알았다."

크롬과 카스미는 각자 메이플과 손을 잡고 지면으로 뛰어내렸다.

메이플의 스킬로 대미지를 받지 않지만, 긴장되는 높이다.

"메이플은 아무런 생각도 안 드나?"

카스미가 메이플에게 물었다.

"현실에서는 못하지만…… 여기선 하나도 안 아프거든!"

그런 말에 크롬은 생각했다.

특이한 스킬을 만들어내는 메이플의 행동 패턴을 흉내 낼 수는 없겠다고.

평범함에서 한 발짝 벗어난 스킬을 입수하려면 애초에 자연스럽게 어긋날 부분을 가져야 한다고 말이다.

그런 생각을 하면서.

세 사람은 20미터 높이에서 지면을 향해 뛰어내렸다.

"오브는 받아갈게!"

지면에서 생겨난 괴물과 크롬과 카스미를 지키는 메이플을 상대로 관통 스킬을 맞추기란 어렵다.

하지만 천사의 날개는 크롬과 카스미를 지키기 때문에, 메이플을 어떻게 하지 않으면 공격이 통하지 않는다.

"흥……. 걱정해 봤자 헛고생이로군."

크롬은 중얼거리면서 공격을 방패로 막고 반격했다.

메이플이 시럽의 위에서 말했던 관통 공격 대책.

그것은 굳이 걱정할 일도 없는 것이다.

애초에 메이플이 위험할 정도로 구석에 몰리는 광경을 크롬은 상상할 수 없었다.

카스미와 크롬은 많은 플레이어에게 차례로 공격받으면서도 대부분을 피하고 막거나 교묘히 피해서, 메이플에게 최대한 부담을 주지 않고 전투를 마칠 수 있었다. 소규모 길드였기 때문에 플레이어도 적고, 오브를 가지고 도망칠 틈도 주지 않은 채로 전멸시키는 것에 성공했다.

세 사람은 전투를 마치자 곧바로 시럽을 타고 다른 길드로 향했다. 메이플은 고도를 쭉쭉 올려서, 밑에서 봐도 시럽이라고 알 수 없는 위치를 날아갔다.

길드의 위치는 지도로 파악할 수 있기 때문에 문제없었다. 그리고 잠시 뒤에 목적하는 길드의 상공에 도달했다.

"아……. 여기는 오브가 없나 봐."

메이플이 밑을 보고 확인해 보니 받침대에 오브가 없었다.

플레이어도 보이지 않기 때문에, 오브를 빼앗겼든가 괴멸한 것이 명백했다.

"주위를 확인해 볼까."

"그래, 나도 하지."

크롬과 카스미는 신중히 주위를 확인하면서 돌았지만, 역시 플레이어는 없고 오브도 보이지 않았다.

"괜찮겠네. 다음으로 가도 문제없겠어."

"그래. 가자."

그렇게 오브를 찾아서 상공에서 길드를 확인하기를 세 번.

세 사람은 오브를 하나도 찾을 수 없었다.

게다가 시럽의 비행 속도가 별로 빠르지 않기 때문에, 시간이 그럭저럭 지났다.

성과 없는 이동은 피로를 축적시킨다.

단조로운 이동 중에 메이플에게 메시지가 도달하는 소리가 났다.

"으음……. 사리한테 메시지가 왔네."

메이플이 그것을 읽어보니, 사리 일행은 일단 길드로 돌아간다는 것과 메이플 쪽도 오브 탈취가 잘 안 되거든 돌아와 달라는 내용이었다.

메이플은 크롬과 카스미에게도 내용을 전하고, 일단 길드로 돌아가기로 했다.

2일차도 몇 시간 안 남았으니, 돌아가기에 딱 좋은 타이밍이기도 했다.

◆ □ ◆ □ ◆ □ ◆ □ ◆

메이플 일행이 길드 앞에 도착하여 안으로 들어가려고 할 때, 낯선 플레이어가 뒤를 확인하면서 다급히 밖으로 나오는 모습이 보였다.

빠져나왔다는 그들의 안도의 표정은 눈앞에 있는 세 사람이 누구인지 이해하자 절망으로 변했고, 순식간에 크롬과 카스미의 칼에 동시에 몸을 베여서 사라졌다.

"습격을 받았군!"

"그래, 서두르자!"

카스미를 선두로 오브로 이어지는 길을 뛰어갔다.

카스미가 칼을 들고 방에 들어가자, 거기에는 사리도 포함한 다섯 명이 있었다.

마이와 유이가 떨어진 쇠구슬을 회수하는 모습을 봐도, 방금 격퇴했다는 걸 알 수 있었다.

"무사한가……."

카스미는 칼을 넣더니 다섯 명에게로 다가갔다.

크롬과 메이플도 그 뒤를 따라서, 전원이 무사히 모였다.

방어를 담당하던 카나데와 이즈는 꽤나 소모가 심했는지 지면에 앉아 있었다.

"휴우, 피곤해라……. 이즈의 아이템이 없었으면 위험했을지도."

"폭탄도 꽤 썼으니까…… 지금부터 서둘러 만들어야지."

이즈라면 아무 데서나 공방 기능을 쓸 수 있다.

제작 시간만 확보할 수 있으면 무기가 바닥나는 일은 없다.

"으음……. 여태까지는 별로 습격이 없었는데. 왜지?"

메이플의 말처럼 【단풍나무】는 건드리면 안 된다고 인식됐기 때문에, 이 정도의 연속습격은 다소 기묘했다.

"메이플은 오브 좀 모았어?"

"어? 으음…… 별로. 오브가 없는 길드가 많아서…… 사리는?"

"우리 쪽도 쑥대밭이야……. 결국 두 개밖에 못 얻었어."

일단 가지고 돌아온 오브를 설치한 뒤에 메이플은 아까 받은 메시지의 의도를 물었다.

"드레드가 또 온다고 그랬잖아? 【집결의 성검】이 어디서 또 올 가능성이 있을까 싶어서. 그렇다면 밤이라고 생각했고, 또 전개가 생각보다 꽤나 빨라서 지금 방식으로는 힘들다고 생각했으니까……."

사리가 현재 랭킹을 열어서 그 항목을 스크롤했다.

다섯 번 사망으로 전멸한 길드에는 길드명 옆에 마크가 붙는데, 그 마크는 소규모 길드만이 아니라 중규모 길드에도 퍼지기 시작했다.

첫날부터 전력으로 달린 길드는 몇 군데 있고, 그런 길드에 오브를 빼앗긴 길드가 전력 공격으로 이행하여 전개가 계속 빨라졌다.

사망자 없이 방어에 성공한 길드는 드물어서, 결국 2일차가 끝날 무렵에는 상당수의 길드가 탈락하게 됐다.

이제는 머릿수가 많은 길드를 중심으로 일부 예외적인 길드만 남았다.

길드의 숫자가 줄어들면서 오브와 마주칠 가능성도 줄어든 것이다.

【단풍나무】가 습격을 받은 것도, 【단풍나무】라고 모를 만큼 먼 곳의 길드가 여기까지 왔기 때문이다.

마이와 유이와 메이플의 걸음으로는 필드를 걸어다니며 오브를 빼앗는 이번 룰에 불리하다.

아무리 세 명이 강하더라도 오브가 없으면 빼앗을 수 없다.

"조금 더 느린 전개를 생각했는데…… 어느 길드도 의욕이 넘쳐서…… 초반에 벌 생각이었는데 별로 못 벌었어."

사리의 예상보다 훨씬 빠르게 중규모 이하 길드가 남지 않은 환경이 되면서, 오브의 감소, 격돌하는 길드의 규모가 커지고, 필드의 분위기가 거칠어진 것도 이해할 수 있다.

"그러니까 예정보다 꽤 이르지만 다음 단계로 이행해도 될까 싶거든."

전원이 다음 단계로 넘어가는 것을 수긍하고 각자 자기 역할을 확인했다.

그리고 역할을 떠올리던 메이플이 사리에게 말했다.

"그럼 다음은……."

"응."

사리는 메이플이 무슨 소리를 하려는지 알고, 말을 이었다.

"【집결의 성검】을 기다린다……."

메이플은 그 말을 듣자, 지금 쓸 수 있는 스킬과 병기가 얼마나 남았는지 꼼꼼하게 확인하기 시작했다.

◆ ☐ ◆ ☐ ◆ ☐ ◆ ☐ ◆

2일차도 거의 다 끝나 메이플 일행이 오늘의 심야 방어 순서를 정하려던 때, 그날 마지막 방문자가 나타났다.

메이플 일행은 이야기를 멈추고 각자의 무기를 들었다.

나타난 것은 만에 하나라도 방심할 상대가 아니었다.

들어온 것은 열다섯 명의 플레이어.

하지만 그것만이 아니라, 그중에는 【집결의 성검】의 최고 전력인 페인, 드레드, 프레데리카, 드라그도 있었다.

본래 그들이 【단풍나무】를 꼭 공격해야 할 이유는 없다.

랭킹을 위협할 가능성이 있는 길드를 없애러 왔다면 또 모를까, 현재 【집결의 성검】과 【단풍나무】의 포인트 차이는 크다.

페인을 필두로 하는 네 명이 전원 여기에 온 이유, 그것은 【단풍나무】와 싸워서 승리하고 싶다는 단순한 욕구였다.

그들은 동등하거나 그 이상일 가능성이 있는 길드와의 전투를 바라고 있었다.

그걸 위해 전원이 있는 것을 확인하고서 쳐들어왔다.

다만 본래 무의미에 가까운 공격을 길드 멤버들이 납득하게끔 하고자 메이플이 가장 지쳤을 시간대를 골라야 했다. 그들에게는 내키지 않는 일이지만 어쩔 수 없었다.

그렇기에 하루가 끝나는 이 시간에 찾아온 것이다.

"야호~, 또 만났네~."

그렇게 말하며 프레데리카가 사리를 향해 웃으며 손을 흔들었다. 사리는 뭐라고 할 수 없는 표정을 하며 그걸 바라볼 뿐이었다.

"긴장감이 없네. 지금부터 붙을 건데 말이지?"

드라그는 도끼를 뽑아서 지금 당장이라도 싸우자는 듯이 전투태세에 들어갔다. 그 말에 【단풍나무】 멤버들은 경계하면서도 전투태세를 취했다. 그 옆에서 조용히 집중하는 드레드는 이번에는 지지 않겠다는 듯이 바라보는 마이와 유이에게 호응하듯 단검을 뽑았다.

그리고 15명의 선두, 금색 장식이 된 하얀 갑옷에 방패, 금발 벽안, 강한 존재감을 띠는 페인이 있었다.

"메이플, 한번 싸워 보고 싶다고 생각했다. 이길 수 있다고 판단하고…… 쓰러뜨리러 왔다.”

　페인은 빛을 두른 은색 장검을 뽑아 방패와 함께 들었다. 사리의 눈으로 봐도 전혀 빈틈이 보이지 않았다.

　“저도 안 져요!”

　메이플은 페인에게 그렇게 대답하고 【도핑 시드】를 입안에 넣었다.

　“【헌신의 자애】! 【포식자】!”

　천사의 날개를 하늘로 펼치고 괴물을 소환한 것을 신호로 전투가 시작됐다.

　“【다중가속】!”

　전투 개시 직후, 프레데리카의 마법이 【집결의 성검】의 이동 속도를 올렸다.

　드레드와 페인, 이어서 드라그가 앞으로 나섰다.

　““【비격】!””

　“두 번은 안 당한다.”

　마이와 유이의 공격을 드레드가 쉽사리 회피했다.

　회피 능력이 높은 드레드와 정면에서 싸우는 것은 더없이 불리하다.

　드레드는 죽음과 맞바꾸어 마이와 유이의 특이함을 체험했고, 그 정보를 길드에 전달했다.

　즉, 마이와 유이의 최대 무기였던 미지가 없어진 것이다.

맞으면 일격에 죽는 공격을 방패로 막으려는 어리석은 자는 없다.

그리고 최전선에 있던 마이와 유이에게 드라그의 공격이 들어갔다.

"【토파(土波)】!"

도끼를 내리찍은 지면이 크게 파도치고 쩍쩍 갈라지더니 산탄처럼 흩어져서 마이와 유이에게 부딪쳤다.

메이플 덕분에 대미지는 없었지만, 드라그의 특성인【넉백 부여】는 별개다.

메이플이 후퇴하고, 최전선의 마이와 유이가【헌신의 자애】의 범위에서 벗어났다.

그건 우연히 일어난 일이 아니었다. 그걸 뒷받침하듯이 드라그와 드레드가 마이와 유이에게 돌격한다.

메이플 일행은 이틀 동안 아주 신나게 날뛰었다. 특히나【염제의 나라】와의 싸움은 메이플과 마이와 유이의 특이함이 크게 발휘된 싸움이었다고 할 수 있다.

【집결의 성검】의 정찰부대가 조용히 그 모습을 지켜보았던 것을 메이플은 몰랐다.

그런 연유로【집결의 성검】은 알고 있다.

【헌신의 자애】의 약점을.

메이플의 무장 전개를.

메이플의 방패의 스킬【악식】에 횟수 제한이 추가됐음을.

그걸 토대로 계획을 세워서 제대로 메이플의 머리를 사냥하러 왔다.

"말했을 텐데! 이길 수 있다고 판단하고 왔다고!"

"【커버 무브】!"

"그렇게는 안 되지!"

"【마력 장벽】!"

카스미가 드레드를, 크롬이 드라그를 막고, 카나데가 마법으로 방어했다.

메이플이 밀려도 크롬과 카스미 역시 정상급 플레이어다.

공격을 막는 것에는 익숙했다.

"메이플! 해제하는 게 좋아!"

"으, 응! 알았어!"

사리의 목소리를 듣고 메이플이 【헌신의 자애】를 해제했다.

대책이 세워졌다는 걸 안 이상, 관통 공격이 차례로 날아와도 이상하지 않다.

그리고 실제로 후방에서 날아온 프레데리카의 마법에는 대부분 방어력 관통 능력이 있었다.

메이플에게도 직접 날아간 그 마법은 방패로 막을 수 있지만, 움직이기 힘들어지기 때문에 귀찮다.

드라그와 드레드에게 네 명이 달라붙은 잠깐 사이에 페인이 앞으로 나섰다. 똑바로 메이플을 향하여 방패와 검을 들고 달려간다.

"보내지 않겠어."

"지나가겠다."

사리가 휘두른 단검을 정확히 방패로 막고, 이어지는 공격을 검으로 흘렸다.

사리는 그대로 두 사람 사이를 가로막고 다음의 어떤 행동도 놓치지 않으려고 집중했다.

"드레드!"

페인이 외쳤다. 드레드만이 아니라 드라그와 프레데리카도 반응했다.

"【신속】!"

"【버서크】!"

각각의 스킬로 드레드의 모습이 사라지고, 드라그의 스킬 후 경직이 사라졌다.

두 사람이 강력한 카드를 썼을 때 프레데리카의 목소리가 울렸다.

"【다중전체전이】!"

프레데리카의 비장의 마법이 드레드와 드라그에게 걸려 있던 모든 지원 효과를 페인에게 옮겼다.

페인의 속도가 오르고, 그 모습이 사라졌다.

"보내지 않아……!"

모습이 사라진 페인의 위치를 예측하여 사리가 공격했지만, 단검은 튕겨나서 대미지를 줄 수 없었다.

"【초가속】."

그리고 더 가속한 페인이 사리를 떨쳐냈다.

사리는 페인의 위치를 파악할 수 있어도 쫓아갈 수 없었다.

그것은 레벨 차이.

사리와 페인에게는 두 배 이상의 레벨 차이가 있고, 기본 스테이터스가 사리보다 높았다.

전투가 되면 반응으로 피하면서 호각 이상으로 싸울 수 있지만, 상대도 하지 않는다면 의미가 없다. 사리는 초조함을 느끼며 메이플 쪽을 돌아보았다.

"어, 어디?!"

페인을 찾으며 방패를 든 메이플은 방패가 없는 쪽을 경계했다.

자신의 키보다 큰 방패는 몸을 지켜줄 거라 생각하고.

그렇기에 사각이 된 방패 너머에서 목소리가 들려온 것은 예상 밖이었다.

"【단죄의 성검】!"

모습을 보인 페인의 빛나는 검이 한순간 힘을 모은 뒤에 날아왔다.

네 명의 비장의 무기를 한곳에 모아서, 그 목을 취하려 한다.

"으끄……윽…….."

손으로 헤아릴 정도로 거의 맛본 적이 없는 감각에 메이플의 사고회로가 한순간 정지했다.

　페인의 검은 달려드는 괴물과 메이플의 방패를 두 개로 쪼개고, 갑옷마저 파괴하며 메이플의 몸을 깊게 베어 벽까지 날려버린 끝에 그 HP를 1로 만들기에 이르렀다.

　메이플이 격한 소리를 내며 벽에 부딪치면서, 저 메이플이 치명적인 대미지를 입었다고 본 【단풍나무】 멤버들에게 틈이 생겼다.

　특히 마이와 유이의 표정에서는 누구의 눈으로 봐도 동요가 엿보였다.

　크롬과 카스미도 마음이 편하지 않았다.

　"【파워 액스】!"

　"큭……!"

　빈틈을 찌른 드라그의 공격이 크롬의 가슴에 적중했다.

　프레데리카가 후방에서 계속 걸어대는 다양한 보조마법이 안 그래도 강력한 드라그의 공격력을 끌어올려서, 한 방 제대로 맞으면 버틸 수 없을 정도였다.

　메이플과 마찬가지로 【불굴의 수호자】가 발동하여 크롬의 HP를 1만 남겼기 때문에 즉사는 면했지만, 그래도 힘든 상황이다.

　메이플을 도우러 가고 싶었지만, 드라그가 그걸 내버려 둘리가 없다.

그렇기에 크롬은 드라그를 메이플에게 보내지 않는 쪽으로 생각을 바꿔 먹었다.

 크롬과 상대하는 드라그는 계속 회복되는 HP에 눈을 크게 떴다.

 "나도 제법 질기거든!"

 쏟아지는 마법에서 메이플 대신 마이와 유이를 지키기 위해, 움직임이 제한된 속에서의 싸움은 그리 오래 계속될 것 같지 않았다.

 그러는 사이에 페인이 메이플에게 재차 접근했다.

 페인은 메이플에게 【불굴의 수호자】가 없을 가능성도 있다고 생각했었지만, 그렇지 않은 것은 명백했다.

 페인은 그대로 메이플과 거리를 좁혔다. 드라그에게 받은 【버서크】가 큰 기술의 경직을 없애 주기 때문에, 매끄럽게 다음 동작으로 이행할 수 있었다.

 "【검은 연기】!"

 메이플에게 접근시키지 않기 위해서 카나데가 날린 마법이 페인의 시야를 빼앗았다.

 이어서 날아온 이즈의 폭탄이 굉음과 함께 불길을 일으켰다.

 "【퇴마의 성검】."

 페인이 검을 한 번 휘두르자 그 자리를 채웠던 검은 연기는 사라지고, 눈앞에 있는 이즈와 카나데가 보였다.

"늦었나······!"

"아직 안 늦었어······!"

카나데가 계속해서 마도서를, 이즈가 다음 폭탄을 꺼내 들려고 했지만, 그보다도 페인이 훨씬 빨랐다.

페인이 기세를 살려서 후위 두 사람을 베고, 드디어 메이플까지 몇 걸음 위치에 도달했다.

"【괴벽의 성검】!"

페인이 메이플의 장비가 재생되는 것에 놀라면서도 방어 관통 스킬을 써서 최후의 일격을 넣으려고 했다.

집중 상태인 페인에게 그 광경은 너무나도 느리게 보였다.

벽에 기댄 메이플이 내뻗은 왼손, 그 손에 들린 방패가 손에서 떨어져서 앞으로 쓰러졌다.

그리고 방패에 가렸던 왼손이 커다란 포구가 된 것을 분명히 보았다.

카나데와 이즈가 폭음과 연막으로 메이플의 동작을 숨겼던 탓에 발각이 늦었다.

"하필이면 지금······!"

페인은 스킬 발동 중이라서 회피 동작을 취할 수 없다. 검을 휘두를 수밖에 없다.

"【카운터】!"

그것은 메이플이 제3회 이벤트에서 입수한, 새로운 비장의 무기인 스킬.

대미지를 받았을 때, 그 공격의 위력을 다음 자신의 공격에 싣는 스킬.

페인의 공격보다 빨리 포구에서 발사된 빛의 격류가 페인의 몸을 불태웠다.

자신의 최대 위력을 담은 공격이 되돌아온다.

"큭…… 아직이다……!"

페인도 HP 1을 남긴 채 메이플에게 다시 육박하려고 했다.

"【파쇄의 성검】!"

"【포학】!"

검은 안개가 형태를 잡고 나타난 것은 조금 전까지 메이플이 었던 것.

그 공격 횟수와 사거리에 페인이 눈을 크게 뜨며, 달려드는 괴물의 팔들을 보았다.

"뭐……?!"

첫 팔을 쳐내고, 두 번째 공격을 방패로 막았다.

두 개의 팔을 막아냈다.

다만 상대는 인간이 아니었다.

"성급했나……. 당했군."

이어서 다음에는 추악한 입이 페인의 상반신을 집어삼켰다.

더군다나 그걸로 끝나지 않아서, 남은 팔다리를 움직여서 드레드와 드라그를 덮쳤다.

"진짜냐?! 어이?!"

"뭐? ……또 변형……?"

당혹함과 초조함을 표정에 드러낸 두 사람을 향해 괴물의 입에서 화염이 날아갔고, 이에 몸이 움츠러든 드레드는 팔에 붙잡히고, 드라그는 그대로 잡아먹혔다.

"이젠 아예 기분이 후련하군. ……그래, 내가 졌네요."

드레드는 조용히 눈을 감고 체념과 함께 잡아먹혔다.

페인, 드라그, 드레드, 【집결의 성검】 최고 전력이 줄줄이 쓰러지는 것을 본 후위는 전선 붕괴를 깨닫고 철수를 택했다.

"나도 도망칠 건데? 【다중가속】!!"

프레데리카가 전원을 가속시켰을 때 메이플이 변한 괴물이 도약하여 머리 위를 뛰어넘어 벽에 달라붙었다.

그 머리는 출구 앞에서 침을 흘리고 있었다.

앞으로 가려면 이걸 쓰러뜨려야만 한다.

도저히 불가능하다고 생각하는 사이에 뒤에서 스킬 이름이 들려왔다.

""【비격】.""

"큭! 【다중장벽】!"

순간적으로 전개한 마법.

하지만 프레데리카는 그것을 후회했다.

마이와 유이를 상대로 막는 타입의 방어는 무의미하기 때문이다. 여유가 없어진 프레데리카는 반사적으로 가장 익숙한 방어수단을 택했다.

쨍 소리와 함께 당연하다는 듯이 날아간 모든 장벽과 프레데리카는 빛이 되어 사라졌다.

메이플의 【포학】을 아는가 모르는가, 그것이 승패를 갈랐다.

【포학】이 없었다면 페인의 마지막 일격은 틀림없이 메이플의 HP를 싹 날렸을 것이다.

그러면 밀리는 분위기였던 전선이 붕괴했다.

물론 그렇게 됐을 경우에는 사리가 최대한으로 버텼겠지만, 그래도 【집결의 성검】이 유리했겠지.

남은 플레이어도 메이플에게 찢겨서 쓰러졌고, 이즈와 카나데의 부활을 기다리면서 사리가 오브를 회수했다.

"자, 메이플. 제2단계야."

"응! 그래!"

시간은 한밤중으로 접어들려고 할 무렵.

심야를 틈타서 괴물 한 마리가.

그 등에 일곱 명의 괴물을 태우고 길드를 덮치려고 했다.

7장 방어 특화와 어둠.

어느 심야의 숲에서 한 대규모 길드가 불을 밝히고 방어에 임하고 있었다.

"엄청 빠른 속도로 길드들이 당하고 있어……."

"그래, 슬슬 대규모 길드끼리의 전투가 본격적으로 벌어지겠지. 언제 쳐들어와도 이상하지 않아."

두 사람이 이야기하는데 어둠 속에서 부스럭 소리가 났다.

"……가자."

"그래, 확인하자."

두 사람은 검을 뽑고 소리가 난 덤불로 다가갔다.

그리고 덤불을 비춰 보자, 아가리를 크게 벌린 괴물의 머리가 보였다.

""……어?""

그들은 놀라서 굳은 순간에 잡아먹혔다.

그것으로 끝나지 않고, 괴물은 거점 중심을 향해 내달렸다.

이변을 깨달은 플레이어를 날려버리고 씹어버리고 불태우며 날뛰었다.

대규모 길드의 머릿수라면 쓰러진 플레이어의 숫자는 대단치 않지만, 그 이상으로 동요에 따른 정신적 대미지가 영향을 끼쳐서 제대로 연계할 수가 없었다.

대량의 플레이어가 쳐들어오는 것은 생각했어도, 괴물 하나가 쳐들어올 줄은 몰랐기 때문이다.

"어이, 보스 몬스터가 나온다는 말 있었어?!"

"못 들었어, 그런 거 몰라!"

"온다, 온다! 어쩌지?!"

혼란은 차츰 커지고, 지휘가 잘 전달되지 않기 시작한다.

그리고 그 등에서 조용히 뛰어내린 일곱 명의 플레이어가 혼란에 빠지고 비명이 오가는 속에서 플레이어들을 쓰러뜨렸다.

압도적인 존재감을 뿜으며 지금도 포식과 파괴를 계속하는 괴물 때문에 일곱 명의 움직임은 눈에 띄지 않았다.

정신이 나가서 일곱 명의 존재를 알아차리지 못하는 사이에 길드는 거의 무너졌다.

"오케이! 다음!"

사리의 목소리가 괴물에게 닿자, 괴물은 포식을 멈추고 그 등에 일곱 명을 태우고 앞길에 있던 플레이어를 찢으면서 길드를 뒤로했다.

"응, 오브도 입수했고, 좋아, 좋아."

"다음은 어디 갈까?"

"으음……. 왼쪽의 길드로 가자."

사리는 【포학】 상태의 메이플의 등 위에서 말했다.

지금 시점에서 메이플이 가진 최후이자 최대의 특이성이 퍼지기 전에, 대규모 길드가 준비한 대응을 하기 전에 쓸어버릴 생각이었다.

당하는 대규모 길드에는 완전히 천재지변이다.

영문도 모른 채로 오브와 길드 멤버의 절반을 잃었고, 적은 사라졌으니까.

인간미를 희생하여 기동력을 얻은 메이플의 손에 하룻밤 동안 대규모 길드의 태반이 쓸려 나갔다.

【포학】 사용시의 메이플의 강점은, 메이플임을 알 수 없기 때문에 방어 관통 스킬을 사용한다는 생각에 이르기까지 시간이 걸린다는 점이리라.

그리고 그 행동에 들어가는지를 지켜보고 사리는 철수 지시를 내린다.

메이플 일행은 계획대로 오브를 빼앗고, 전력을 깎았다. 이렇게 피해는 확대됐다.

평원에 거점을 둔 길드 중에는 불을 끄고 눈에 띄지 않게 밤을 보내려는 길드도 있었다. 대규모 길드는 거점이 드러난 형태가 많고, 그중에서도 평원은 가장 방어에 적합하지 않은 지형이었다.

"달빛도 약하고…… 어둡군."

"제2회 이벤트 때도 생각했지만, 밤은 행동하기 어려워서 힘들어."

조용한 시간이 흘렀다.

벌레 우는 소리와 바람 부는 소리, 그 외에 길드 멤버의 대화 소리가 조금 들리는 정도라서 거의 아무런 소리도 없었다.

그러니까 뭔가가 달려오는 소리는 한층 크게 들렸다.

"불! 불을 켜!"

마법의 불빛이 소리가 난 방향을 환히 비추었다.

소리가 난 곳에는 이틀 동안 한 번도 본 적이 없는 거대한 괴물이 있었다.

밝은 빛의 답례로 괴물이 토해낸 불길을 받은 플레이어들은 곤혹스러움과 동요에 휩싸였다.

여기에 있는 모든 플레이어는 이토록 동요할 일이 과거에도 앞으로도 거의 없겠지.

그렇게 말해도 과언이 아닐 정도로 눈앞에 있는 괴물에 반응하기 어려웠다.

"오브는 받아갈게."

괴물은 그대로 길드 중앙으로 달려가서 오브를 쥐었다.

"대신 폭탄을 줄게."

일곱 명이 각자 들고 있던 폭탄을 던졌다.

달리는 괴물의 등에서 계속해서 폭발물이 쏟아지고, 또한 때로는 쇠구슬이나 충격파나 마법도 섞여서 날아왔다.

이렇게 딱히 대규모 싸움이 시작되는 일도 없이 십여 명이 잡아먹히고, 스무 명 정도가 쏟아지는 이것저것과 화염의 콤보로 죽고, 기타 다수가 괴물에 치였다.

"오늘 밤 중에…… 아직 모르는 사이에 한 명이라도 더 쓰러뜨려야 해."

"응, 그래."

이 작전은 대량의 포인트를 노리는 것도 있지만, 그보다도 대규모 길드의 완전 괴멸을 앞당기는 게 목적이었다.

즉, 안 그래도 바쁘게 가속하는 전개를 더욱 가속시켜 최종일이 오기 전에 10위 내로 확정하려는 것이다.

그리고 그렇게까지 하지 않더라도 사리는 현재의 성공을 보기로는 오늘 밤 중에 이벤트 전개가 대폭 빨라지리라고 예상했다.

"메이플, 조금만 더 힘내."

"응! 더 할 수 있어!"

다음 길드를 향해서 메이플은 속도를 늦추는 일 없이 달려갔다.

◆ □ ◆ □ ◆ □ ◆ □ ◆

【집결의 성검】과 【단풍나무】의 전투 종료 후, 관전구역은 어디를 가도 그 결과를 이야기하고 있었다.

"으음, 메이플이 이겼나!"

"하지만 어떻게 될지 예상할 수 없었어, 메이플이 날아갔을 때는 페인이 이겼구나 싶었고."

"전략으로는 【집결의 성검】이 이겼고, 정말로 마지막의 그걸로 끝났지."

"한 번 더 붙으면 어떻게 될지 알 수 없지만⋯⋯. 으음, 하지만 메이플은 인간의 영역에서 벗어났군⋯⋯ 완전히."

"그거 말이지⋯⋯ 드디어 천사를 내버렸어."

그것이란 물론 【포학】을 말한다. 마지막 순간에 메이플이 괴물로 변한 장면에서 관전구역이 고요해졌다. 이해할 수 없는 느낌이었다.

"저런 스킬이 어디에 있지?"

"⋯⋯글쎄? 거참, 저러면 페인도 놀라지."

"애초에 저거 어떻게 움직이는 거야? 움직이기 불편하지 않겠어? 다리가 많잖아?"

"저건 내가 써도 잘 안 될 것 같아."

"아무튼 이걸로 【단풍나무】의 상위 입상도 보이기 시작했어. 아니, 페인이 무리라면 완전 무리야."

"앞으로 독 이외에도 대책을 세우지 않으면 큰일이겠는데. 차라리 보스 몬스터가 훨씬 낫겠어."

"맞는 말이야. 아니, 이렇게 봐서 다행이야. 메이플에게도 대미지가 들어가고, HP의 개념이 있었군."

"또 둘이서 어디서 붙어주면 좋겠는데. 우리는 끌어들이지 말고."

그도 그렇다고 주위의 전원이 수긍했다.

"아니, 그래도 역시 괴물이 되는 건 아니야."

이 말에 전원이 한층 더 크게 끄덕였다.

그리고 밤동안 계속된 파괴의 행진은 아침 6시에 끝났다.

입수한 오브를 모두 세팅하고, 아군 오브도 원래대로 돌아왔을 때 이번 작전은 끝냈다.

"하아…… 지쳤다! 이렇게 뛴 건 처음이야……."

아직 【포학】 상태인 메이플이 그렇게 중얼거렸다.

사리의 위기관리로 거의 대미지를 받지 않았지만, 피로는 별개다.

"조금 자도 돼? 무슨 일 있거든 깨우러 와 주면……."

"응, 괜찮아."

그렇게 말하자 메이플은 원래 모습으로 돌아오는 일 없이 안쪽으로 사라졌다.

깨지기 전에 해제하는 건 아까우니 당연한 일이겠지.

【포학】은 하루에 한 번밖에 못 쓴다.

"대규모 길드가 오면 예정대로 아무도 쓰러지지 않도록 후퇴하는 걸로 알면 될까?"

"응, 그러면 돼. 우리 오브를 가지고 메이플에게로 도망치자."

【단풍나무】는 소규모 길드로 분류되기 때문에, 오브를 빼앗긴 길드는 큰 감점을 피하기 위해 되찾으러 올 가능성이 크다.

현재 【단풍나무】에 있는 오브는 열 개.

그중 일곱 개가 대규모 길드의 오브다.

어느 길드도 오브의 탈환을 목적으로 한다면 목적지가 같기 때문에, 【단풍나무】에게 도달하기 전에 서로 싸우다가 공멸할 가능성은 지극히 크다.

되찾을 수 없다면 어딘가의 길드를 습격할 가능성이 크다.

열 개의 오브가 어떻게 움직이든, 많은 플레이어가 어딘가에서 어떤 형태로 쓰러지겠지.

전개를 빠르게 만들려던 【단풍나무】가 원하는 것은 오브보다도 그렇게 공멸하는 상황이다.

따라서 방어가 실패하든 성공하든 큰 문제는 없었다.

"지금 이 상태라도 10위 안은 갈 수 있겠고……. 시작이 좋았으니까."

"우리는 이제 도망치는 게 목적인데…… 과연 올까?"

전원이 입구를 경계하면서 밤중에 쌓인 피로를 풀었다.

7시를 조금 넘었을 무렵, 방패를 든 플레이어를 선두로 방어진을 짠 플레이어가 17명 정도 들어왔다.

그들은 좁은 입구에서 넓은 공간으로 나온 순간, 재빨리 옆으로 전개하여 무기를 들었다. 거리는 아직 15미터 정도 되기 때문에 서로 경계하는 상황이었다.

"……서로 싸운 뒤일까?"

"글쎄. 다소 줄어줄었다고 생각하는데."

그래도 많은 것은 변함없지만, 대규모 길드가 쳐들어온 것 치고는 적다고 할 수 있다. 【단풍나무】의 포진은 사리, 크롬, 카스미가 선두에 서고 마이와 유이의 정면을 비우는 형태다.

마이와 유이 사이에는 이즈가 있고, 맨 뒤에 카나데가 있다.

물론 마이와 유이의 정면을 비운 이유는 쇠구슬을 던지기 위해서다.

""에잇!""

격전을 거듭했던 방패는 거듭되는 쇠구슬을 맞고 깨졌다.

"추가야."

마이와 유이가 던지는 쇠구슬은 이즈가 인벤토리에서 계속 꺼내기 때문에 바닥날 리가 없으니까, 공격하는 쪽으로서는 힘들다.

다만 그래도 강력한 방패와 숫자의 폭력으로 계속 앞으로 밀고 들어왔다.

마이와 유이의 쇠구슬이 필살의 위력을 가졌더라도, 전원을 동시에 공격할 수 없으므로 전부 붙잡진 못하는 것이다.

그리고 당연히 신나게 선제공격을 한 세 사람은 마법의 표적이 되어 공격이 날아왔다.

"【커버 무브】!"

크롬이 세 사람의 앞으로 이동하여 방패와 몸으로 공격을 받아내었다.

상당한 대미지를 입었지만, 그래도 방패와 스킬의 회복 효과로 버텼다.

크롬은 죽지만 않으면 서 있는 것만으로도 회복되는 데다가, 죽기 힘든 요소를 여럿 가지고 있다.

메이플이 있는 만큼 눈에 띄지 않는 일이 많지만, 크롬도 위험천만한 플레이어였다.

"【빙설대지】."

카나데가 사용한 연파랑색 마도서로 발동된 마법이 지금도 돌진하려는 플레이어들의 발을 얼음으로 지면에 꿰어놓았다.

행동불능이 된 것은 고작 5초.

하지만 마이와 유이의 표적이 될 때는 너무나도 긴 시간이다.

한 명, 또 한 명이 방패가 깨졌다. 그뿐만 아니라 장비가 대미지를 입기 때문에, 이 이벤트의 성질상 앞으로의 전투가 많이 힘들어진다.

이미 많은 플레이어가 탈락했고, 피해는 커져만 간다.

"오보로, 【그림자 분신】."

사리가 적당히 【그림자 분신】으로 공격했다.

사리는 여럿을 상대하는 방어전에 맞지 않기 때문에, 원호를 맡으면서 상대를 혼란시키는 스킬로 정신적 대미지를 주는 전법을 취했다.

카스미는 전위의 탱커를 순간이동으로 베어버리고 【도약】으로 이탈하는, 치고 빠지기에 주력했다.

이 일곱 명에게는 각각 강점이 있고, 그걸 발휘할 때는 어지간한 플레이어가 아니면 몇 명이 있든 의미가 없다.

일선을 넘은 강함이 아니면 제대로 싸울 수도 없다.

그리고 이 방에서 요란스럽게 쇠구슬이 부딪치는 소리가 나면, 잠이 든 지 한 시간 정도 지난 두목도 깨어나는 법이다.

안쪽 통로에서 느릿느릿, 졸린데 시끄러워서 귀찮다는 듯이 기어나온 괴물의 모습에 침입자들은 동요했다. 자기들의 길드를 덮친 괴물이 설마 안쪽에서 기어나올 줄은 미처 생각하지 못했던 것이다.

"시끄러우니까! 쓰러뜨릴 거야!"

일선을 넘은 강자가 뭔가 길을 잘못 들면 탄생하는 괴물이 동료와 함께 싸우는데, 일선도 넘지 못한 자가 그걸 쓰러뜨린 다는 건 애초에 말이 안 된다.

첫 습격으로부터 한 시간 뒤.

줄줄이 들어온 200명 가까운 플레이어들에게 【단풍나무】 는 일부러 자기들의 오브 외의 다른 것들을 넘겨주고 안쪽으 로 도망쳤다. 안전하게, 누구도 쓰러지는 일 없이 목적을 달 성한 것이다.

"뭐, 빼앗기기에 딱 적당한 길드가 왔나?"

"그래……. 뭐, 지금부터야."

안쪽 방. 휴식을 위해 만들어진 장소이며 【포학】을 쓴 메이 플이 있으면 거의 공간이 없을 만한 장소에서 침입자가 쫓아 오는지 귀를 기울였다.

온다면 메이플을 깨우면 되지만, 침입자들은 더는 건드리기 싫다는 듯이 괜한 짓을 하지 않고 돌아갔다.

【단풍나무】의 오브를 빼앗는 것은 항상 【단풍나무】에 위치 가 노출된다는 뜻이다.

오브 하나의 대가라고 생각하면 도무지 할 수 없는 짓이다. 일부러 위험한 길드에 손댈 필요는 없다.

침입자가 돌아가고 5분 뒤, 크롬을 선두로 다시금 오브의 방으로 돌아와서 아군의 오브를 설치했다.

"어디 보자……. 이제 어디서 대규모 길드들끼리 전투가 시작될지……."

중얼거리는 사리에게 카스미가 다가와서 현재의 랭킹을 보여주었다.

"랭킹을 보면…… 중규모 길드도 차례로 탈락하고 있군. 틀림없이 페이스가 빨라졌다."

궤멸한 길드의 숫자를 보면, 4일차에는 대규모 길드 이외에는 거의 남지 않을 것이 명백했다.

"오브를 한 번 포기해서, 메이플을 잠시 쉬게 해 주자."

"그래, 알다마다."

카스미도 앞으로의 행동을 생각했다.

빼앗긴 뒤에는 또 다음 행동이 있다. 사리는 출구를 향해 걸어갔다.

"나는 아까 그 길드를 쫓을게. 혹시 어디서 대규모 전투가 일어날 것 같거든…… 그때는……."

사리가 카나데 쪽을 보았다.

"응, 나와 사리의 스킬로."

"메이플도 데려와."

"응, 알고 있다."

"오케이. 다녀올게."

그렇게 말하고 사리는 거점에서 나갔다.

메이플을 깨우는 것은 앞으로 세 시간 뒤, 혹은 사리에게 연락이 왔을 때다.

"뭐, 이제 우리를 공격할 길드도 없을 테니 느긋하게 있자."

""그러네요.""

마이와 유이에게도 중요한 역할이 남아 있다.

느긋하게 쉬어야 한다.

사리는 200명 남짓한 집단을 비교적 일찍 찾을 수 있었다.

집단으로 행동하면 속도도 떨어진다. 또 이동 방향도 머릿수의 장점을 죽이지 않는 지형이 되기 쉽다.

이번에는 그걸 토대로 예상한 것이다.

"또 어디 길드랑 충돌하지 않으려나……."

사리는 멀리서 집단을 감시했다. 결코 들키지 않게, 하지만 결코 놓치지 않게.

오브를 가지고 있는 그들은 많은 대규모 길드에 그 위치가 계속 알려진다.

어딘가의 길드는 공격하겠지. 그렇게 생각하며 계속 감시하던 사리의 눈에 두 개의 불덩어리가 비쳤다.

"뜻밖인걸…… 우연일까? ……응, 저기는 공격하지 않았어."

불길은 대지를 태우고 하늘까지 치솟아 플레이어를 지워버렸다.

요격하는 마법이 오가는 가운데, 폭염을 두르고 압도적인 기동력으로 공격을 피하는 한 플레이어가 보였다.

"【염제의 나라】인가……. 하긴, 남은 길드도 줄어들었으니 10위 안을 목표로 하는 길드는 【염제의 나라】를 공격할 수밖에 없나……? 메이플에게는 미안하지만……."

사리는 크롬에게 메시지를 보내 아군의 오브를 가지고 자신에게 모두 모여달라고 했다.

대규모 길드 하나를 간단히 괴멸시킨 미이는 오브를 모조리 챙기고 거점으로 돌아갔다.

【염제의 나라】는 현재 5위.

메이플 습격이라는 고된 이벤트가 없었으면 순위는 더 위였을 것이다. 메이플에게 마르크스의 덫이 대량으로 날아간 탓에 방어가 완전히 무너졌다.

그 영향에 많은 플레이어가 사망하고 탈락했다.

"이 오브를 지켜낼 수 있으면 어떻게든 돼……."

미이는 주위의 안전을 확인하고 보급부대에서 MP 포션을 받았다.

그 뒤에 미이는 오브를 빼앗기지 않도록 거점으로 가져가서 오브를 설치하고 마음을 좀 놓았다.

"자…… 운 좋게 빼앗았는데……."

"어느 길드인지는 모르지만, 아마 되찾으러 오겠지요."

옆에 있던 미저리가 말했다.

어느 길드가 언제 올지 모르지만, 이 오브가 포인트가 되기 전에는 오겠지.

"그래……. 신도 불러와."

"알겠습니다."

전원을 불러 모아서 만전의 태세를 갖추었다.

신도 제때 돌아와서 조용히 기다리는 【염제의 나라】에 정찰 부대에서 정보가 차례로 들어왔다.

모두 대규모 길드의 침공을 알리는 내용이다. 【염제의 나라】의 오브 주위는 기본적으로 평지고, 몸을 숨길 장소도 거의 없다.

【염제의 나라】의 강함을 아는 많은 길드가 자신들로는 이길 수 없는 강력한 길드를 타도하자고, 주위와 힘을 합치고 마지막에 이득을 독차지하자고 생각한 결과, 몇몇 대규모 길드는 일시적으로 전투를 멈추고 【염제의 나라】를 포위하는 상황이 생겨났다.

"온다! 전원, 준비!"

"응······ 힘내자······!"

"괜찮아, 괜찮아, 미이가 어떻게든 해 줄 거야."

"회복은 맡겨 주세요."

네 사람은 기합을 넣었지만, 미이에게 새로운 메시지가 도착했다.

그 메시지에는 '메이플로 추정되는 괴물이 접근 중, 위험'이라고 적혀 있었다.

미이의 안색이 확 나빠졌다.

"진짜······? 이제 됐잖아······ 아냐아냐아냐······."

무심코 바탕이 드러난 미이에게 세 사람이 왜 그러냐고 물었다.

미이는 메시지 내용을 세 사람에게 전했다.

"아주 힘들어······."

"난······ 카스미에게도 지는데······ 지는데!"

"아, 응······ 그래······."

마르크스는 그대로 지면에 주저앉았다.

덫이 통하지 않는 메이플에게 부담을 느낀 것이다.

"아주 힘들어."

그러는 사이에 대규모 길드 연합도 다가왔다.

대규모 길드들이 차례로 그 모습을 보이고【염제의 나라】를 포위했다. 그 숫자는 1천을 넘었다.

"……어차피 전멸할 거야. 한 명이라도 더 많이 길동무로 데려가겠어!"

미이가【염제】를 발동시키며 각오를 굳혔다.

"……싸우자, 싸우자."

마르크스도 느릿하게 일어서서 뺨을 때리며 기합을 넣었다.

"자…… 간다!【플레어 액셀】!"

굉음과 폭염이 전투 개시의 신호가 되어【염제의 나라】를 향해 일제히 마법이 날아갔다.

대규모 길드들의 공격이다. 이것만으로 끝날 리가 없다.

"【성녀의 기도】!"

미저리의 마법으로 하늘에서 빛이 쏟아졌다.

모든 MP를 사용하고 3분 동안 MP가 회복되지 않는 대신 엄청나게 넓은 범위에 일정 시간 동안 고속 자동회복 효과를 주는 스킬이다.

대미지는 순식간에 회복되고, 직격만 맞지 않으면 쓰러질 일은 없다.

큰 기술이며 재사용에 시간이 걸리기 때문에 설령 MP가 회복됐다고 해도 연발할 수 없다.

그래도 사용할 수밖에 없었다.

"부탁합니다!"

빨리도 전력에서 빠진 미저리는 동료를 믿을 수밖에 없다.

"그래!"

신과 마르크스는 미이와는 반대 방향으로 갔다. 불리하다고 알면서도 길드 멤버를 분산할 수밖에 없었다.

"【폭염】!"

날아오는 마법을 호쾌하게 날려버리고, 마법사 같지 않은 움직임으로 미이가 집단 하나를 덮쳤다.

불덩어리를 얼굴에 처박고, 지면에서 불길을 터뜨려 유린한다.

다만 MP도 엄청나게 빨리 떨어졌다. 전원을 쓰러뜨리려면 지금도 부족한 수중의 포션을 다 써도 모자라겠지.

"그래도⋯⋯!"

한 명이라도 많이 쓰러뜨리면 나중에 이득이 된다.

애초에 도망칠 수 없는 현재 상황으로는 아슬아슬할 때까지 싸울 수밖에 없다.

그런 상황에서 가장 두려워하던 것이 나타났다.

탁 트인 평지, 대규모 길드 연합의 후방에서 거대한 괴물이 달려왔다.

전투 중이 아니라면 이마에 손을 짚고 하늘이라도 봤겠지.

"이거⋯⋯ 틀렸나⋯⋯."

그렇게 생각했지만, 그렇지도 않았다.

괴물은 대규모 길드 연합의 후방에 도착하자, 후위를 마구 잡이로 씹어먹고 찢으면서 이들을 공격하기 시작했다.

갑작스럽게 나타난 괴물을 중심으로 죽음의 폭풍이 휘몰아쳤다. 그것은 가히 천재지변이라고 할 만했다.

"아직 해 볼 만하려나⋯⋯!"

미이는 다시금 기합을 넣고 적들을 공격하기 시작했다.

메이플 일행의 목적은 【염제의 나라】를 공격하는 대규모 길드 연합의 괴멸.

그때 【염제의 나라】 중에서도 강한 플레이어는 가능한 쓰러뜨리지 않도록 하기로 했다.

즉 미이, 마르크스, 미저리, 신, 이렇게 넷은 살려둔다.

네 사람이 다른 대규모 길드에 막대한 피해를 줄 수 있기 때문이다.

미이는 대규모 길드 연합을 공격하는 메이플을 방해하지 않겠지.

또한 메이플도 미이에게 관여하지 않는다.

이것으로 실질적인 협력관계가 생겨났다.

"다음으로 간다!"

"응!"

등에 탄 멤버들은 폭탄을 던지며 대미지를 주고, 메이플은 플레이어를 날려버리면서 대규모 길드 연합을 갈랐다.

"메이플! 저쪽이 위험해!"

"오케이!"

어두울 때는 어두운 대로 음산하지만, 밝은 장소에서의 메이플 역시 무섭기 짝이 없다.

대규모 길드 연합의 시선이 모두 메이플에게 쏠릴 만큼 존재감이 있었다.

그 결과 대규모 길드 연합은 상의할 것도 없이 본능에 따르듯이 일제히 메이플에게 덤볐다.

【염제의 나라】를 나중으로 미루더라도 쓰러뜨려야만 하는 것이 거기에 있었다.

"오…… 많이들 오네!"

"그래…… 웃?! 메이플! 방어!"

사리의 긴박한 목소리가 메이플에게 닿았다.

메이플이 【헌신의 자애】를 발동하고, 동시에 근처에 있던 대규모 길드와 함께 그 자리를 빛이 감쌌다.

"【포학】이 당했어! 으으…… 좀 오지 마!"

【포학】의 효과가 끊기자 기회라는 듯이 밀려드는 플레이어에게 메이플은 그대로 방패를 들고 【악식】으로 반격했다. 【포학】이 끝나도 메이플은 충분히 강하다고 많은 플레이어가 재확인했다. 메이플은 몇 명을 방패로 집어삼키고, 다른 길드원들이 무사한지 확인했다.

"다들 무사하네! ……하지만."

사리가 방금 발견한 것은 나무 그늘에서 검을 뽑는 페인이었다. 로브를 두르고 있지만, 빛을 두른 하얀 도신의 장검을 잘못 볼 리가 없었다.

대규모 길드들의 소동을 듣고 단숨에 전력을 깎고자 찾아온 것이다. 다시 붙으려는 것은 아니겠지만, 눈빛이 날카로웠다.

방금 공격은 마침 메이플에게 주의가 집중되고 많은 플레이어가 모이기 시작한 틈을 노린 것이다.

"메이플! 온다! 그러니까……."

"응!【포학】!"

어제 몫의 포학이 깨져도 아직 오늘 몫이 남아 있다.

절망이 다시금 강림했다. 그리고 그때.

""【환영세계】!""

카나데와 사리가 외친 마법.

3분 동안 대상과 똑같은 능력치를 가지고 자율 행동하는 분신을 3개 만드는 마법.

그것들이 메이플에게 빨려들고.

괴물 형태의 메이플이 도합 일곱이 됐다.

근처에는 페인 말고도 드라그와 프레데리카와 드레드도 있었다.

메이플의 모습이 원래대로 돌아온 지금이 공격의 기회라면서 나선 것이다.

"볼 때마다 이상해지는군, 어이! 【땅가르기】!"

드라그가 체념하는 동시에 지면을 깨뜨렸다.

어느 메이플이 접근해도 위험하니까 발을 묶어야만 한다.

성검의 빛은 하늘을 비추고, 지면은 갈라지고, 불길이 치솟고, 괴물은 날뛴다.

식물은 넝쿨을 뻗고, 마법은 하늘을 가린다. 검은 춤추고, 환상이 사람을 속인다.

파괴는 거듭되고, 플레이어가 사라지는 최후의 빛은 전장을 아련하고 아름답게 채색했다.

"제길! 어떻게 굴러가든 죽을 수밖에 없나!"

"완전히 재해야……. 적당히 좀 해……."

"정신줄 놓지 마! 두 놈이 온다!"

격려하는 자, 무리라고 체념하는 자, 메이플의 분신은 그들을 한꺼번에 날려버렸다.

갑자기 나타난 지옥 같은 이 환경에서는 보통 사람부터 하나씩 죽어갔다.

한 명 또 한 명 쓰러지고, 3분이 지나 메이플의 분신이 사라졌을 무렵에는 절반 이상의 플레이어가 빛이 되어 사라졌다.

다만 역시나 【포학】 상태의 메이플에게도 관통 스킬이 먹힌다는 것을 다들 깨달았기 때문에, 자잘한 대미지가 쌓여서 메이플도 원래대로 돌아왔다.

하늘을 향해 솟구쳤던 괴물의 모습이 사라지고, 메이플이 플레이어 집단들 사이로 떨어졌다.

플레이어들은 각자 스킬을 준비하고, 착지한 뒤에 끝장을 낼 생각이었다.

"【전 무장 전개】!"

공중에 있는 메이플에게서 지면을 향해 여러 총구와 포구가 나타났다.

철컥철컥 소리를 내며 차례로 검은 병기가 전개됐다.

"【흘러나오는 혼돈】! 【히드라】!"

수없이 본 괴물이 지면을 향해 아가리를 벌리고, 메이플을 밑에서 공격하려던 플레이어들이 사라졌다.

이어서 【히드라】가 지면을 독으로 채워서 메이플이 유리하게 움직일 수 있게끔 했다.

또한 【독 내성】이 충분하지 않은 플레이어는 그대로 쓰러졌다.

메이플은 뒤덮은 괴물의 몸은 확실히 사라졌다.

하지만 메이플이라는 존재는 괴물이 인간의 모습으로 변한 것이라고 해도 과언이 아니다.

아니, 그 이상이라고 할 수 있다.

외모는 훨씬 나아졌지만, 그 공격 수단은 비교도 안 되게 다채롭고, 공격도 잘 안 맞게 됐다.

그 모습보다도 위험한, 귀여운 얼굴을 한 천사 같은 악마.

적대하는 플레이어에게 이런 인상인 것은 어쩔 수 없다.

착지한 메이플이 몸에 두른 병기는 메이플을 포위하고 있던 플레이어를 꿰뚫고 태우며 쓰러뜨렸다.

강력한 독 바다의 중심에 있는 메이플에게는 【독 무효】가 없으면 접근할 수 없지만, 멀리서 관통 효과를 가진 마법을 날려도 방패에 가로막힌다.

그 결과 포위하고 있던 플레이어들은 완전히 메이플을 포기하고, 포위를 풀고 메이플에게서 멀어졌다.

당연히 메이플이 그냥 내버려 둘 리도 없어서, 폭염과 함께 메이플이 고속으로 날아다니는 사태가 됐다.

【집결의 성검】의 멤버는 기습공격에 실패한 직후에 【땅가르기】로 주위의 발을 묶었기에 카운터를 막을 수 있었다.

현재는 【염제의 나라】의 오브를 노리면서, 모처럼 모여 준 경쟁 상대를 짓밟고 있었다.

페인과 드레드는 한 명이라도 충분히 강한 플레이어라서 단독으로, 드라그와 프레데리카는 뭉쳐서 행동했다.

　【단풍나무】와 떨어져 싸우는 이유는 두 가지인데, 대규모 길드의 라이벌을 없애는 데 효율이 좋고, 기본적으로 【단풍나무】는 위험하기 때문이다.

　"표적이 바뀌기 전에는 철수……할까."

　페인은 혼자 중얼거리면서 눈앞의 플레이어를 처리했다.

　페인이든 메이플이든 일선을 넘으면 그 아래 상대와의 싸움은 작업이 된다.

　페인은 머릿속으로 메이플과의 전투를 상상하고 결과를 떠올렸다.

　그러자 어떻게 움직이든 양쪽 다 만전의 상태로는 메이플을 쓰러뜨리기에 이를 수 없다는 결론이 나왔다.

　"다시 단련할까……."

　페인은 언젠가 또 명확하게 이길 수 있다고 느낄 때 싸울 생각이다.

　"새로운 스킬이라도 찾으러 가보자."

　페인은 메이플이 날뛰는 것을 멀리서 보면서, 눈앞의 플레이어를 또 한 명 베어버렸다. 그리고 자신들의 피해가 커지기 전에 철수했다.

　어느 길드에게서도 위험시되는 길드 셋이 모인 것이다.

그 섬멸력은 보통이 아니다.

게다가 셋이 서로 간섭하지 않도록 의식하고 있으니까 더더욱 심각하다.

모든 길드가 엉망으로 다치고 철수한 뒤에 남은 것은 【염제의 나라】의 네 명과 【단풍나무】 멤버들뿐이었다.

【단풍나무】는 크롬이 마이와 유이와 후위를 【커버 무브】와 【커버】를 활용하면서 지키는 바람에 너덜너덜한 정도지, 카스미도 제때 회복을 했고 사리도 문제없었다.

메이플은 당연히 멀쩡하다.

"스킬이 없으면 끝장이었겠군……."

크롬은 자기가 살아남은 게 신기할 정도였다.

몇 번이나 HP가 바닥날 뻔했지만, 【영혼 포식】과 【흡혼】, 【배틀 힐링】 등으로 징그러울 만큼 HP가 회복됐다.

반대로 【염제의 나라】는 만신창이라서 거의 모든 카드를 다 썼다. 또한 이미 길드 멤버가 대부분 탈락했다.

지금부터 【단풍나무】와 싸울 수 없겠지.

미이도 그렇게 판단했는지, 메이플과 자신들 사이에 있는 아군의 오브를 회수하러 가는 것조차 포기하고 불길을 그 몸에 둘렀다.

그 직후에 일어난 것은 대폭발.

그렇다. 미이는 모든 MP를 쓰고 메이플의 자폭비행을 흉내내어 미저리와 신과 마르크스를 데리고 그 자리에서 긴급 이탈한 것이다.

　메이플과는 달리 회복을 미저리에게 부탁했는데, 결과적으로 그건 성공했다.

　이것은 【염제의 나라】 길드 멤버 모두의 뜻이다.

　상위에 남는 것을 길드 최강의 네 명에게 맡긴 것이다.

　메이플 일행은 또다시 오브를 손에 넣는 데 성공했다.

8장 방어 특화와 안전권.

　메이플 일행은 메이플이 【포학】을 다시 쓸 수 없기 때문에 길드까지 시럽을 타고 천천히 돌아왔다.

　그리고 보유한 오브를 모두 설치하고 모두 휴식을 시작했다.

　그렇게 한 시간.

　보통은 다른 길드에서 쳐들어와도 이상하지 않지만, 빨라진 전개 때문에 사망 횟수가 위험영역에 들어간 가운데 일부러 사지에 오려는 플레이어는 없었다.

　대량의 오브를 가졌으면서도 지금 이 게임에서 가장 조용한 시간이 흐르는 것은 【단풍나무】의 거점이었다.

　"사리? 뭐 보고 있어?"

　메이플은 사리가 파란 패널을 공중에 불러내는 것을 보고 사리에게 다가갔다.

　"응? 어어…… 일이 좀 엄청나게 됐어.

　"엄청나게?"

메이플이 사리가 불러낸 패널을 들여다보니, 거기에는 랭킹이 표시되어 있었다.

그리고 그 랭킹에서 여태까지와 다른 점은 괴멸한 대규모 길드가 있다는 점이었다.

"아, 또 하나…… 이건 【집결의 성검】이나 【염제의 나라】가 날뛰는 걸지도. 응, 아마 그럴 거야."

"그래?"

"어느 쪽이냐면 【염제의 나라】 같은데. 【염제의 나라】는 아까 그걸로 괴멸 직전인 것 같았으니까, 앞으로 이틀 넘게 싸울 수 없어. 그러니까…… 라이벌을 쓸어버리고 하늘에 운을 맡기는 거야."

사리로서는 확인할 것도 없는 일이지만, 【염제의 나라】가 주위를 짓밟아 더는 포인트를 벌지 못하게 해서 10위권 안을 지키려고 생각하는 것은 정확했다.

하지만 안 그래도 한계인 【염제의 나라】가 순위를 떨어뜨리지 않고자 다른 길드, 그것도 대규모 길드를 공격하는 것은 상당한 부담이 된다.

그리 오래는 못 버티겠지.

"이 섬멸력은 대단해……. 메이플이 전력으로 할 때보다도 대단해."

"나는 제대로 치지 않으면 못 쓰러뜨리니까……. 하지만 다들 일어나지 않으니까 공격은 안 받지만!"

【포학】 상태의 메이플에게 치인 플레이어의 대부분은 사망하지 않았다. 사망하는 것은 운 나쁘게 진행 방향으로 날아가서 연속으로 치일 때 정도다.

하지만 부딪쳐서 하늘을 날면 냉정함이 날아간다.

플레이어가 펑펑 날아가니까 냉정함을 빼앗고 혼란시키는 효과는 크지만, 전멸시키려면 그 거구를 살려도 나름 시간이 걸린다.

애초에 메이플을 처음 보는 사람은 쉽게 대응할 수 없다는 점이 이번 이벤트에서 유리하게 작용했을 뿐이지, 한 달 뒤에도 같다고 할 수는 없다.

실제로 미이는 메이플을 상대로 알기 쉽게 회피하고 막대한 화력을 날렸다.

화력에서는 메이플을 아득히 웃돈다고 할 수 있겠지.

메이플을 보고 자폭비행도 익힌 지금, 무리만 하면 단시간에 대규모 길드를 괴멸시키는 것도 가능하다.

대규모 길드를 쓸어 준다면 【단풍나무】로서도 기쁜 일이다.

"아무도 되찾으러 오지 않지만…… 지금 오브를 지키면 10위권 이내는 거의 확정이야."

"그럼 이제 밖에 나갈 필요는?"

"없어."

사리가 그렇게 말하자, 메이플은 히죽 웃으며 앉았다.

"이번에는 제일 열심히 했으니까…… 정말 지쳤어."

"이 다음에는 【수정벽】과 총격을 준비해서 만에 하나를 대비해."

"응, 알았어."

메이플이 대답했을 때 사리도 그 자리에 털썩 앉아 메이플과 함께 다른 길드가 어떻게 되는지를 계속 확인했다.

게임 밖에서는 운영진이 남은 길드의 숫자를 알리는 표시를 바라보고 있었다.

"이건…… 이미 끝났군."

"그래……."

남은 길드를 알리는 표시에는 숫자 6이 떠 있었다.

그리고 그 길드는 모두 현재 10위권 내 진입이 확인됐다.

즉, 이미 10위 안에 드는 길드는 확정됐다는 소리다.

닷새 예정인 이번 이벤트는 4일차 새벽에 실질적으로 끝났다. 조금 전까지 줄어들던 길드의 숫자는 완전히 멈췄다.

"거참, 이놈이고 저놈이고 살기등등하잖아?!"

"이번 이벤트 하이라이트 장면을 편집해서 동영상으로 만들어. 이제 큰일은 일어나지 않겠지."

남자가 주위에 지시를 내리자, 차례로 막대한 양의 녹화 데이터에서 이거다 싶은 장면을 고르기 시작했다.

"5할 가깝게 메이플이 찍혔는데…….”

"메이플 없이는 좋은 장면을 못 고른다는 거야? 이것도 줄인 편인데.”

중얼거리는 남자에게로 고개만 돌려서 그렇게 말하자, 중얼 거린 남자는 이마에 손을 대고 의자 등받이에 몸을 던졌다.

"뭐, 【단풍나무】에 휘둘린 게 이벤트가 생각대로 굴러가지 않은 원인인가…….”

"【염제의 나라】는 10위고. 하지만 이미 전멸인데? 순위 예 상도 해 봤지만…… 뭐, 틀렸지.”

【염제의 나라】는 라이벌을 차례로 쓰러뜨렸지만, 너무 무리 한 끝에 전멸에 이르렀다.

다만 간신히 10위를 확정할 수 있었다.

"메이플의 행동을 예측할 수 있게 된다면 말이지…….”

그건 많은 플레이어도 생각하는 바이다.

대책을 세우기 쉬운 자일수록 대처하기 쉽기 때문이다.

"안 되는 일은 생각해도 헛수고야……. 그보다 다음 이벤트의 일정…… 사양, 특히나 길드 규모 등을 다시 생각해야지.”

"그러게 말이야. 이틀이 통으로 남을 정도로 전투가 격해지 다니…….”

그가 다음 이벤트를 생각하는 동안에 문득 깨달은 것처럼 한 남자가 방에 들어있는 전원에게 들리도록 말했다.

"그럼 한번 예상해 보자! 주제는 지금 메이플이 뭘 하고 있는

지! 어때? 맞춘 사람에게는 내가 밥 산다."

그 제안에 그 자리에 있는 전원이 응했다.

메리트밖에 없으니까 당연하다.

"조금 전 녹화 데이터를 보면 될까. 오브 주위 영상밖에 없지만…….."

그렇게 말하며 적당히 고른 【단풍나무】 거점의 4일차 영상을 틀 준비를 시작했다.

"그럼 거점에 없다는 것도 가능해?"

"괜찮지 않아? 그거면 간단히 찾을 수 없으니까……. 뭐, 아마 거점에 있겠지만……."

"그럼 예상 개시! 떠오른 사람은 거수!"

밥을 산다고 선언한 남자가 신호하자, 벌써부터 몇 명이 손을 들었다.

그리고 남자가 가리킨 순서대로 각자 예상을 말했다.

"길드 멤버 전원과 보드 게임."

"기계신으로 하늘을 나는 연습."

"쌍둥이에게 인간 저글링을 당하고 있다."

"【대장】으로 만든 무기를 먹으면서 스킬을 얻을 수 없는지 시험하고 있다."

"뭐야, 다들 너무 평범하지 않아?"

"그도 그런가……."

평범하다는 말에 전원이 메이플이라면 무슨 짓을 할지 다시금 생각했다.

그러면서 점점 예상은 이상해져 갔다.

"커진 거북이의 입에 들어간다."

"왜인지 사리와 싸우고 있다."

"아예 거북이를 씹는다."

전원이 저마다 예상을 말했다.

그리고 대충 의견이 다 나와서 방이 조용해졌을 때 발안자가 종료 선언을 했다.

"그럼…… 튼다."

"그래."

잠시 뒤 커다란 모니터에 【단풍나무】가 비쳤다.

문제의 메이플은 온몸을 완전히 뒤덮는 양털 뭉치에서 병기를 조금씩 내민 모습으로, 마이와 유이의 손에 들린 채로 거점을 돌아다니는 상황이었다.

그걸 보았을 때 조용히 영상을 껐다.

"저것도 넣을까?"

"……그래."

그 장면은 이벤트 영상 중에 추가됐고, 운영진은 이해력을 초월한 것을 본 머릿속을 정리했다.

에필로그 방어 특화와 인간관계.

이미 이벤트는 끝났다는 운영진의 예상은 정확했다.

4일차부터 게임 안에서 전투가 일어나지 않고 평화롭게 시간이 흘렀다.

그리고 랭킹이 딱히 변동하는 일 없이 5일차를 마친 메이플 일행은 통상 필드로 전이했다.

전이하고 몇 초 뒤, 각 플레이어의 눈앞에 파란 패널이 떠올라서 이번의 최종 순위를 표시했다.

"이번에도 3위야!"

"그리고 보면 메이플은 처음 이벤트에서도 3위였지."

10위까지는 보수가 똑같기 때문에 더 상위를 노리지 않았지만, 대규모 길드들의 오브 포인트를 한꺼번에 손에 넣을 수 있었던 것은 컸다.

그러는 사이에 최고 랭크의 보수가 패널에 표시됐다.

길드 멤버 전원에게 은메달 다섯 개와 나무 팻말이 하나. 길드 마스터인 메이플에게는 모든 스테이터스를 5퍼센트씩 올려주는 길드 설치 아이템도 나왔다.

메이플은 그것들을 자기 인벤토리에 넣고 나무 팻말을 다시금 꺼내서 바라보았다.

"【통행허가증 5】…… 흠흠."

그렇게 적힌 글자 아래에 조그맣게 메이플의 이름도 있다.

대여는 불가능한 듯했다.

"다음 층에서 도움이 되나 봐. 뭐, 아직 더 있어야겠지만."

사리는 메이플과 마찬가지로 꺼냈던 팻말을 집어넣었다.

"아무튼…… 수고했어, 메이플."

"수고했어! 사리!"

서로의 건투를 칭찬하면서 【단풍나무】 멤버 전원이 길드로 돌아갔다.

무사히 10위 안에 들 수 있었던 것을 축하하며 파티라도 열자는 메이플의 생각에 전원이 찬성했기 때문에, 며칠 뒤에 【단풍나무】에서 뒷풀이를 하기로 했다.

이즈는 【요리】 스킬도 최대치까지 올렸기 때문에, 요리도 맛있었다.

하지만 전원이 다 모여도 메이플만이 오지 않았다.

"뭐 좀 사 오겠다면서 나갔는데…… 나도 따라가는 편이 좋았을까……."

"그래……. 혼자 놔두면 멋대로 어딘가로 가고."

사리가 대화를 멈추고 메이플을 찾으러 가려던 때, 길드의 문이 열리고 메이플이 돌아왔다.

평소처럼 예상 밖의 일을 끌고서.

"다녀왔어!"

"응, 어서와, 메이플. 그리고 뒤에 있는 사람들은?"

사리의 시선이 닿는 곳에는 【집결의 성검】의 네 명과 【염제의 나라】의 네 명.

왜 있는 거냐고 묻자, 메이플은 밝은 기색으로 대답했다.

"밖에서 만나서 이야기하다가 프렌드 등록을 받아 주길래 초대했으니까? 어어, 그리고 강한 사람들끼리 관계를 갖는다나? 나도 강한 사람이 됐네!"

"어어, 그래……."

메이플이 보여준 프렌드 항목에는 【단풍나무】와 【집결의 성검】과 【염제의 나라】 각각 네 명의 플레이어의 이름이 주욱 있었다.

사람들이 메이플을 보통 어떻게 여기는지를 아는 사리는 그것을 프렌드와는 다른 것처럼 보았다.

마왕도 새파래져서 도망치겠지.

갑작스러운 게스트에 대응해 이즈가 요리를 계속 만들었다.

【단풍나무】는 여덟 명밖에 안 되기 때문에 추가로 누가 와도 여유롭게 자리에 앉을 수 있다.

각자가 요리를 즐기며 즐겁게 시간을 보내는데 운영진에게서 통지가 왔다.

내용은 한 동영상이었다.

"길드 모니터로 켜 볼까. 전부 똑같은 거 같고."

메이플이 일어서서 길드에 비치된 모니터를 만져 동영상을 재생했다.

거기서 나온 것은 이번 이벤트의 하이라이트.

다만 대부분이 여기 있는 사람들의 행동이었다.

페인이 나오는가 싶더니 미이가, 화면이 바뀌나 싶더니 사리가 나왔다.

"아……. 이건 그날 밤…… 내 추대기!"

프레데리카가 외쳤다.

"조금만 더 쌩쌩했으면 프레데리카도 해치울 수 있었는데."

사리가 말하자 프레데리카는 뚱한 얼굴로 받아쳤다.

"그렇게 쉽게는 안 될 텐데."

"그럼 다음에 한번 해 볼래?"

"좋아! 이번에는 이겨! 분명히 이겨!"

그런 이야기를 하는 사이에 메이플이 비쳤다.

"아직 인간형이군."

"일곱 마리가 되겠지, 알고 있어."

드레드와 드라그가 공허한 눈으로 중얼거렸다.

남성진이 모니터를 바라보았다. 크롬 이외의 전원이 한 번 당했기 때문에 좋은 추억은 없겠지. 카나데는 위화감 없이 여성진에 섞여서 모니터를 보고 있었다.

"떠올리기만 해도 괴로워."

마르크스가 극복할 때까지는 특히나 시간이 걸릴 것 같다.

마지막에 크롬이 마이와 유이와 이즈와 카나데를 【커버 무브】의 변칙 이동과 상식을 뛰어넘는 회복력으로 지켜내는 영상이 나왔을 때는 비교적 정상이라고 여기는 시선이 모였다.

"다음에는 이긴다. 지고 살 수는 없으니까. 게다가 이번에는 스킬도 확인했다."

"조금만 눈을 떼면 털구슬이 되고 괴물이 되는 메이플에게 이길 수 있을까?"

크롬이 기합을 넣는 페인에게 답했다.

"뭐, 예상외의 사태에는 익숙해질 필요가 있지. 눈앞에서 괴물이 됐을 때는 아무래도 놀랐다."

페인은 일단 알아낸 스킬의 대책부터 마련할 생각이다. 이번에는 메이플이 이겼지만, 다음에는 어떻게 될지 모른다. 페인에게도 메이플을 쓰러뜨릴 힘이 있는 것은 틀림없었다.

780이름 : 무명의 방패 유저
안녕

781이름 : 무명의 창 유저
오, 영상 잘 봤다

782이름 : 무명의 활 유저
지금껏 걸어 다니는 요새네 인간을 초월한 방어네 하던 게
뛰어다니는 요새와 인간을 초월한 존재가 됐는데
이제 어떻게 하면 좋겠습니까?

783이름 : 무명의 대검 유저
얼마 전까지는 인간이었는데
속은 몰라도

784이름 : 무명의 방패 유저
잠깐 눈을 뗀 사이에 쑥쑥 성장하니까

785이름 : 무명의 마법 유저
어떻게 키우면 무장 전개나 신체 변화가 되는 걸까
가르침을 청하고 싶어

786이름 : 무명의 방패 유저

그러니까 진짜로 전광석화야

고작 하루 눈을 뗐더니 그 순간에 한 단계 달라진다고

787이름 : 무명의 창 유저

한 단계? 한 단계라고? 그게?

788이름 : 무명의 대검 유저

한 단계 성장한 게 아니라, 돌연변이급이겠지

789이름 : 무명의 활 유저

아니, 단풍나무는 죄다 정상이 아냐

크롬의 영상을 보고 확신했어

790이름 : 무명의 방패 유저

그래?

791이름 : 무명의 활 유저

그래

크롬도 인간의 탈을 썼을 뿐이었어

792이름 : 무명의 대검 유저
메이플이 너무 기막혀서 상대적으로 정상으로 보이는 거지
다만 그걸 고려해도 사리랑 쌍둥이는 이상한 쪽

793이름 : 무명의 마법 유저
난 단풍나무에 치여서 날아갔으니까
어둠속에서 갑자기 하늘을 나는 감각은 아무도 모르겠지

794이름 : 무명의 활 유저
전위를 쇠구슬 몇 발로 끝내다니
이거 메이플의 계보겠지
눈에 띄게 이동이 느렸고 말이야

795이름 : 무명의 창 유저
그렇겠지
뭐, 메이플보다는 나은 느낌이지만

796이름 : 무명의 방패 유저
메이플이 육성한 결과야
하루 만에 완성했어

797이름 : 무명의 대검 유저

뭐?

특성 : 메이플이란 것은 전염되는 거야?

798이름 : 무명의 마법 유저

그럴걸?

크롬한테도 전염된 것 같고

799이름 : 무명의 창 유저

영상을 보면 크롬도 전염됐어

아니, 크게 장비가 바뀌지 않은 건 카스미 정도 아냐?

후위도 다들 이상해

800이름 : 무명의 대검 유저

하지만 일대일이라면 어떻게든 되겠지

안 되면 그건 위험한 녀석

801이름 : 무명의 방패 유저

진지하게 말해서 사리한테 일대일로 이길 녀석 있어?

나는 길드 홈의 훈련장에서 해 봤는데 무리였다

802이름 : 무명의 활 유저
다 피한다면서?
영상으로 보기론 조금만 더 하면 명중할 것 같던데

803이름 : 무명의 방패 유저
소문도 퍼졌으리라고 생각하는데 진짜 그 소문 그대로야
진짜로 공격이 안 맞아

804이름 : 무명의 대검 유저
단풍나무의 소문, 아니, 일화?
넘쳐나니까. 특히 이번 이벤트 영상은 임팩트가 너무 세

805이름 : 무명의 창 유저
신마대전이나 종말의 날이라고 불리는 3일차 말이지

806이름 : 무명의 방패 유저
분열했으니까
뭐, 그건 메이플 혼자로는 무리지만

807이름 : 무명의 활 유저
희망이 없는 것이 한 줌 희망이 되도 별 차이가 안 납니다

808이름 : 무명의 마법 유저
페인이 메이플에게 대미지를 입힌 순간에 메이플에게 HP
개념이 있다는 사실을 새삼 확인했어

809이름 : 무명의 창 유저
아니, 메이플은 그보다도
왜 사망 회피 스킬이 있어?
메이플의 HP를 깎은 녀석이 이전에도 있었어?

810이름 : 무명의 방패 유저
있지
아마 사람은 아니겠지만
그리고 메이플의 현재 VIT라면 안 깎이겠지만

811이름 : 무명의 활 유저
또 올랐어?
이미 더 올릴 필요 없는 레벨이잖아

812이름 : 무명의 방패 유저
최근 듣기로는 곧 다섯 자리에 도달한다고
말했거든

나도 정신이 날아갈 뻔했어 진짜로

813이름 : 무명의 대검 유저
내 STR의 백 배 정도인데
인데?

814이름 : 무명의 마법 유저
그쯤 되면 다른 스테이터스를 찍고 싶지 않아지는 건가

815이름 : 무명의 활 유저
재미있게 해 주시니 다행입니다
근데 다른 스테이터스를 찍기 시작하면 진짜 손쓸 수가 없어
보통 속도로 뛰기만 해도 초강화라든가 완전 지리네

816이름 : 무명의 방패 유저
메이플은 효율을 생각하는 건지 안 하는 건지 모르겠어

817이름 : 무명의 마법 유저
진짜로 생각이 없으니까 강해졌다는 설을 지지하마

818이름 : 무명의 창 유저
일반적인 생각으로는 털뭉치가 되어서 가마처럼 들리는 걸

생각 못해.

819 이름 : 무명의 활 유저
4일차 이후의 유일한 영상이 그거니까

820 이름 : 무명의 대검 유저
염제의 배틀 씬이 끝나고 장면이 바뀌더니 그게 나와서 나는
진짜 머릿속이 텅 비고 말았습니다

——————————————————————————

번외편 방어 특화와 이벤트 후일담.

제4회 이벤트를 마치고 며칠 뒤, 메이플은 아직도 여기저기서 이벤트가 화제로 오르내리는 3층 마을의 길드 홈에서 쉬고 있었다.

"4층도 조만간 추가되는 모양이고…… 그렇게 되면 또 다 같이 보스 공략이야!"

메이플은 운영진이 보낸 메시지를 확인하고, 4층은 어떤 식으로 구성되어 있을지 상상했다.

"으음…… 아! 그러고 보면."

메이플은 뭔가 떠오른 것처럼 앉아 있던 소파에서 벌떡 일어났다.

"다같이 4층에 가기 전에 그걸 해 볼까. 꽤 비싼데……."

메이플은 그렇게 말하고 길드 홈에서 나가더니 마을을 지나 어느 가게 앞에서 멈춰섰다. 그곳은 하늘을 나는 기계를 파는 가게였다.

"없어도 되지만…… 이왕이니까 역시 시험해 봐야지! 내가 쓸 수 있는 기계가 좋지만! 좋지만!"

【기계신】이 낫다고 '1대'에게 말하듯이 그렇게 거듭 중얼 거리며 메이플은 다시금 진열된 기계들을 살펴보았다.

"으음……. 4인용이나 차 모양은 역시 비싸네. 1인승이 좋을까…… 하지만 쓰기 편한 게 좋지. 으음……."

메이플이 어느 것으로 할지 고민하는데 뒤에서 말을 거는 목소리가 들려왔다.

"메이플 씨!"

"안녕하세요."

"아, 마이랑 유이…… 그렇지! 마침 잘됐어! 두 사람은 어느 기계 쓰고 있어?"

질문을 받은 마이와 유이는 인벤토리에서 기계를 꺼냈다. 두 사람 다 같은 기계이며, 신발보다 한층 큰 부츠 형태였다.

"어어…… 이걸 써서 날아요. 가볍게 뜨는 느낌이에요."

마이는 철컥철컥 소리를 내며 잠금장치를 움직이고 기계를 몸에 달더니 그 자리에서 가볍게 떠오르는 시범을 보였다.

"오오! 대단하네! 하지만 어려울 것 같아."

"예……. 유이가 이게 좋다고 하기에 이걸로 했는데…… 몇 번이나 지면에 떨어지고."

"정말 미안해, 언니……. 그렇게 어려울 줄 몰랐어."

하지만 이점도 있다고 두 사람은 말했다.

그것은 두 손을 자유롭게 쓸 수 있기 때문에, 하늘을 나는 동안에 몬스터가 나타나도 대처할 수 있다는 점이었다.

"과연⋯⋯. 으음, 어떻게 할까. 이왕 이렇게 된 거 두 사람하고 같은 걸로 할까. 어어, 지금 시간 돼? 괜찮으면 좀 가르쳐 줄 수 있을까?"

"괜찮아요!"

"예, 저도."

그렇게 해서 메이플은 바로 신발 모양의 기계를 샀다. 그리고 메이플은 그대로 필드 쪽으로 걸어가려고 했다.

"마을 안에서 추락하는 건 위험하고⋯⋯ 다른 사람이 별로 없는 곳으로 갈까?"

"그럼 마을에서 동쪽으로 가면 좋겠네요."

"그리고⋯⋯ 네이플 씨. 도중에 몬스터를 쓰러뜨리며 경험치를 벌어도 되나요? 메이플 씨가 있으면 안심할 수 있고⋯⋯."

"응, 좋아! 방어는 맡겨 줘!"

나는 방법을 배우는 대가라는 듯이 메이플은 크게 고개를 끄덕이며 대답했다.

그리고 메이플치고 보기 드물게 지면을 걸어서 필드를 이동했다.

필드에 나간 직후 메이플은 【헌신의 자애】를 발동하여 마이와 유이를 지켰다.

제4회 이벤트에서도 그 강함을 확실히 발휘한, 서로의 약점을 보조하는 진형이다.

"그럼 갈까!"

""예!""

세 사람은 3층을 동쪽으로 이동했다. 3층은 하늘을 날면 편하게 갈 수 있는 필드가 많고, 지상의 몬스터는 하늘을 나는 것과 비교해서 숫자가 많고 강하게 설정되어 있었다.

""【더블 임팩트】!""

마이와 유이에게 다가가는 것은 사지에 뛰어드는 것이나 같다. 달려든 몬스터는 메이플의 방어를 깨뜨릴 수 없어서 쓰러질 뿐이었다.

"두 사람 잘 싸우게 됐어."

"그런가요……?"

"응, 왠지 모르게? 하지만 그런 느낌이 들어!"

"이벤트에서 조금 요령을 깨달은 걸지도 모르겠네요!"

유이는 기쁜 듯이 메이플에게 그렇게 말하고 한층 더 힘을 넣어서 망치를 휘둘렀다.

"으음, 나도 열심히 해야겠네. 방패를 더 잘 다룰 수 있게! 이렇게…… 이렇게!"

메이플은 그렇게 말하며 파바밧 방패를 움직이며 공격을 가드하는 시늉을 했다. 메이플의 그런 움직임을 보고 두 사람은 자기도 더 열심히 하려고 망치를 움켜쥐었다. 형태는 다르지만, 메이플은 올인 스타일로 한층 위의 레벨까지 도달했다. 그런 메이플은 두 사람의 목표였다.

"우리도 더 능숙해지면 좋겠는데…… 아! 언니, 온다!"

"응, 괜찮아."

배트를 휘두르듯이 가로로 휘두른 마이의 망치가 아무런 저항도 없이 몬스터를 날려버렸다.

"맞으면 일격이라는 느낌이네!"

"예, 사리 씨와 연습하면서 명중률이 많이 올랐어요!"

"하지만 아직 사리 씨는 다 피해버려요……."

"으음, 해 본 적 없지만 사리를 많이 봤으니까…… 나도 맞힐 수 있을 것 같지가 않아."

메이플은 여태까지 사리와 함께 싸운 장면을 떠올리고, 역시 도저히 맞힐 수 없다고 생각했다.

그리고 몬스터를 몇 마리나 날려버린 세 사람은 간신히 목적지에 도달했다. 넓은 초원으로, 발목보다 더 높게 자란 풀이 바람에 산들산들 흔들리고 있었다.

"이 근처는 몬스터도 적고…… 전에 크롬 씨랑 같이 여기까지 와 봤어요……. 어, 그럼 연습해야지."

마이와 유이는 다시금 기계를 몸에 장착했다. 그걸 보고 메이플도 기계를 장착했다.

"오, 【기계신】을 쓸 때 같은 느낌이야……."

한층 커진 발을 보고 메이플은 그런 감상을 흘렸다.

"부츠 타입은 다리에 힘을 넣는 감각으로 조작해요. 힘을 너무 넣으면 날아가니까……."

그렇게 말하며 마이는 가볍게 떠올랐다. 그리고 그대로 날개가 생긴 것처럼 공중을 자유자재로 날기 시작했다.

"어, 힘을 넣어서…… 우왓?!"

메이플이 다리에 힘을 넣자 몸이 갑자기 가속하여 떠오르더니, 그대로 다리가 위로 향하여 솟구쳤다가 머리부터 떨어졌다.

쿠왕 하는 커다란 소리를 내며 메이플이 지면에 쓰러진다.

"노, 놀랐어……."

"메이플 씨, 가만히~! 가만히 해 보세요!"

그렇게 말하며 유이도 떠올랐지만 마이와 비교해서 비틀비틀 불안정했고, 메이플이 지켜보는 사이에 미끄러지듯이 떨어졌다.

메이플의 【헌신의 자애】 범위 안이어서 무사했지만, 유이도 아직 연습이 더 필요했다.

"유이, 평소보다 더 심한데?"

"아, 알고 있어! 휴우…… 차분하게, 차분하게……."

유이는 가만히 떠오르더니 상공에서 딱 정지했다.

"휴우…… 해냈다!"

메이플의 앞에서 너무 잘하려다가 실수했던 것인지, 유이는 신중하게 상승하고 곧 안정을 찾았다.

"우와아……. 으음, 【기계신】으로 하늘을 나는 편이 간단한데, 이거……."

"우리가 보자면 그건 잘 모르겠어요."

유이의 그 말에 마이도 고개를 끄덕였다.

"그건 단숨에 부웅 하고 날아서 방향을 바꿀 뿐이니까……
이것도 그런 느낌으로 안 될까?"

그렇게 말하며 메이플은 아까보다 다리에 더 힘을 넣었고,
이번에는 앞쪽으로 균형을 잃고 머리부터 지면에 처박혔다.

그리고 메이플은 그대로 벌렁 쓰러졌다.

"괘, 괜찮은가요?!"

"아, 아프겠다…… 아프지는 않을 테지만……."

"으그그……."

메이플은 얼굴에 묻은 흙을 털더니, 지면에 손을 대고 천천
히 일어섰다.

"다들 평범하게 날아다니던데, 대단하네."

"다른 기계로 해 볼래요? 간단하게 등에 메는 타입도 있으니
까요."

"우우…… 뭔가 분하니까 조금 더 해 보고 생각할래."

그렇게 메이플은 또 연습을 시작했다.

메이플은 배우는 게 느리지 않기 때문에 몇 번이고 추락하면
서 조금씩이지만 확실히 실력이 늘었다. 가끔 나오는 몬스터
는 마이와 유이가 쫓아버렸기 때문에 연습도 순조로웠다.

그리고 한 시간 정도 연습했을 때 메이플은 가볍게 하늘로
떠올랐다.

"오, 오오! 해냈다!"

메이플은 두 손을 뻗어 균형을 잡는 모습으로 간신히, 처음으로 공중에서 정지하는 데 성공했다.

"좋아, 다음은 이대로 걸어서……."

미끄러지듯이 스윽 발을 움직여서 메이플은 신중하게 이동했다.

분명히 이동하기는 했지만, 메이플의 마음속에서는 이런 게 아니라는 감각이 솟구쳤다.

"조금 더…… 날고 싶어!"

그리고 메이플은 다리에 힘을 넣었다. 몸은 주욱 가속했지만, 조금 익숙해진 메이플은 그대로 앞으로 다리를 뻗으며 공중을 달리듯이 이동했다.

"아, 어, 어떻게 멈추면 되지?!"

섣불리 다리를 멈췄다간 떨어질 것처럼 계속해서 다리를 움직이는 메이플은 그대로 안쪽 숲까지 날아갔다.

"메이플 씨?!"

"쪼, 쫓아가자, 유이!"

두 사람이 쫓아가는 가운데, 메이플은 숲속에 떨어졌다. 두 사람이 메이플을 찾아서 숲 위를 날아가자, 숲의 녹음 사이에 머리부터 꽂혀 파묻힌 검은 덩어리를 발견했다.

"메이플 씨…… 괘, 괜찮나요?"

"괜찮아……. 우우, 역시 천천히 연습할 수밖에 없나."

마이와 유이 덕분에 빠져나오면서 메이플은 중얼거렸다.

그리고 천천히 상승하더니 시럽을 불러서 하늘에 띄우고 거대화시켰다.

"영, 차! 응, 역시 이쪽이 마음 편해."

메이플은 시럽의 등 위에 앉더니, 기계 신발을 벗고 시럽의 등딱지를 쓰다듬었다.

메이플은 두 사람에게 요령을 배웠기 때문에, 연습은 언제든지 문제없다고 스스로 납득하면서 고개를 끄덕였다.

"계속해서 두 사람의 레벨 작업을 할까? 나는 건 시간이 더 걸릴 것 같고."

그 제안을 받아들인 두 사람과 함께 메이플은 시럽을 타고 숲 너머로 날아갔다. 그리고 그다음에는 이게 진짜 기계라는 듯이【기계신】으로 총격을 퍼부었다.

메이플이 하늘을 날려고 연습을 시작할 무렵, 사리는 3층의 지상에서 레벨을 올리고 있었다.

"휴우······. 영, 차. 휴우····· 꽤 해치웠네."

드랍한 소재를 주워 모으면서 사리는 자기 다리에 장착된 기계를 보았다.

"여러모로 시험했지만, 역시 이거야."

사리의 인벤토리에는 그 밖에도 여러 기계가 들어 있었다.

가장 기동성이 뛰어난 신발형은 사리에게 딱 맞았다.

돌격하는 몬스터를 공중에 가볍게 떠올라 피하고, 가속하여 순식간에 쓰러뜨렸다.

마치 타고난 듯이 사리는 기계를 완전히 구사하고 있었다.

"이벤트에서 쓸 수 있었으면 좋았을 텐데…… 으음, 앞으로는 기동력이 부족할 것 같고."

현재 사리는 공중을 마음대로 움직일 수 있기 때문에, 비행 요소를 포함한 전투 스타일을 취했다. 그것은 지상을 달리는 것보다 훨씬 강력하다.

"더 기동력이 필요해. 어디에 그런 스킬 없을까?"

사리는 정보를 떠올려 보았지만, 그런 것이 현재 없다는 사실은 알고 있었다. 애초에 그런 스킬이 있었으면 사리가 놓칠 리가 없다.

"또 이벤트에서 메달을 모았을 때 기대해 볼까. 메달과 교환하는 스킬도 바뀌었을지 모르고."

사리가 그렇게 말하며 사냥을 계속하자, 멀리서 낯익은 플레이어 네 명이 다가왔다. 카스미와 크롬, 그리고 【집결의 성검】의 드라그와 프레데리카였다.

"우엑……. 또 영문 모를 움직임을 하고 있어~."

프레데리카는 제4회 이벤트와 그 전의 결투를 떠올리며 얼굴을 찌푸렸다.

"……어쩐 일로 모였대?"

"뭐, 메이플도 마이도 유이도 없었으니까. 조금 한가해서 두 사람한테 말을 걸어 봤지."

"또 어딘가에서 한판 뜰 거잖아? 적진 정찰인 셈이지."

"너무 솔직하지 않나요?"

사리의 대답에 드라그는 당당하게 웃었다. 프레데리카는 드라그의 뒤에 숨듯이 사리를 가만히 바라보았다.

"또 여유가 있거든 결투하러 올 거니까~. 그때는 제대로 한 게 아니었고, 이벤트에서 더 할 수 있었고~."

사리는 뚱한 얼굴로 뭐라고 중얼거리는 프레데리카와 결투 약속을 하고 카스미에게 말했다.

"이제 넷이서 레벨을 올리러 가게?"

"음, 그렇지. 어쩔까, 사리도 올 건가? 적이 많이 나오는 장소니까 사람이 많으면 좋겠는데."

사리는 딱히 정해진 예정도 없기 때문에 흔쾌히 제안을 받아들였다.

그리고 사리를 포함한 다섯 명이서 3층 구석, 마을 주변과 비교하면 훨씬 강력한 몬스터가 나타나는 구역으로 왔다.

"자, 간다. 【도발】!"

크롬이 스킬을 발동하자, 보기에도 딱딱해 보이는 강철 골렘이 다섯 명에게 단숨에 모여들었다.

"【파워 부스트】…… 이 정도라면 버프는 됐을까~."

프레데리카가 전원에게【STR】증가 버프를 걸자, 그걸 받은 카스미가 뛰쳐나갔다.

"【제1의 검 · 아지랑이】!"

카스미의 모습이 사라지고, 다음 순간 골렘이 그 칼에 베였다.

"으음, 나도 할까!"

드라그는 방어 따윈 모른다는 듯이 돌격하여서 주위의 골렘을 그 거대한 도끼로 날려버리고 지면에 처박았다.

"저기, 방어를 나한테 맡기지 말래도~【다중장벽】."

"【커버링】.【커버】!"

프레데리카가 드라그를, 크롬이 카스미를 지키면서 밀려드는 골렘을 쓰러뜨렸다. 사리라면 이 정도의 공격을 맞을 리도 없기에 두 사람의 방어 우선도는 낮은 상태였다.

"이 정도라면 안 맞으니까 괜찮아……. 어? 위에서도 오네."

위에서 새처럼 생긴 기계 몬스터가 다가오는 것을 본 사리가 기계를 사용해 하늘로 날아오르더니, 몸을 빙글빙글 돌리는 곡예 같은 회피로 하나씩 처리해 나간다.

"좋아, 응. 잘되네!"

【검무】의 푸른빛과 몬스터에게서 나오는 붉은 대미지 이펙트가 공중에 튀겼다.

그렇게 상공의 몬스터를 쓰러뜨리고 아래를 확인하자, 마침 드라그가 마지막 골렘의 머리를 깨뜨린 참이었다.

"좋아, 이 정도라면 고전할 것 없지."

"내가 지켰으니까 그래~!"

"그래, 미안해. 고마워."

"딱히 상관없지만~."

【집결의 성검】의 두 사람이 그런 이야기를 하는 동안 사리는 지면에 내려왔다.

"3층의 몬스터도 이제 그리 강하지 않나."

"우리 길드면…… 마이와 유이의 레벨이 부족할 정도로군. 뭐, 이즈는 예외야."

"3층보다도 조만간 올 4층의 적정 레벨에 가깝겠지. 올러놔서 손해 볼 건 없어."

다섯 명은 그대로 계속 레벨을 올리기 위해 적을 찾아 필드를 돌아다녔다.

몬스터로서는 마주쳤다간 반드시 죽을 집단이다. 그것이 메이플과 사리가 있는 두 곳에서 발생한 것이다.

혹시 몬스터에게 도망친다는 선택지가 설정되어 있었다면, 틀림없이 도망쳤다. 그만큼 전력이 차이가 났다.

그렇게 두 시간 정도의 사냥 끝에 사리 일행은 해산했다. 딱히 할 일도 없어진 사리는 마을로 돌아와서 길드 홈의 문을 열었다.

"아, 사리! 어서 와!"

파란 패널을 꺼내고 있던 메이플이 사리가 온 것을 알고 손을 흔들었다.

"메이플, 여기에 있었구나."

사리는 메이플의 옆에 앉더니 한 차례 기지개를 켰다.

"아까까지 사냥했으니까…… 으음, 하아…… 조금 지쳤나."

"아, 나도, 나도! 아까까지 싸웠어. 마이랑 유이랑 같이."

메이플은 즐거운 듯이 아까 했던 일을 말하기 시작했다.

"아, 메이플도 신발 타입으로 했구나. 그거 좋아, 엄청난 움직임이 가능해."

"어, 진짜? 나는 떠올라서 조금 나는 것만 해도 고생이었는데? 몇 번이나 추락했고."

"연습은 좀 필요하겠지만. 후훗, 참고로 나는 한 번도 추락하지 않았어."

그렇게 말하며 사리는 조금 자신만만하게 웃었다.

"우우, 제법이네……. 하지만 사리라면 그럴 것 같아."

"애초에 높이 떠오른 상태에서 추락하면 난 죽으니까. 그만큼 신중하게 했을 뿐이지만."

"그래도 어려워."

"아! 그렇지, 오늘 【집결의 성검】 사람들하고 같이 싸웠어. 오늘은 싸우는 모습을 잘 봤는데, 역시 두 사람 다 우리 길드에는 없는 타입이었어."

그렇게 말하며 이번에는 사리가 오늘 일을 이야기했다.

"그래, 그래. 하지만 마이와 유이의 공격이라면 드라그 씨에게도 지지 않아!"

"걔들은 뭐…… 뭐라고 할까, 격이 다르다고 할까, 튄다고 할까. 달리 없을 것 같아."

마이와 유이와 비슷한 플레이어의 존재는 현재 사리도 들어본 적이 없었다.

혹시나 있다면 화제가 됐을 게 틀림없겠지.

"다음 이벤트부터는 더 주목도도 높아지겠고, 대책이 세워지는 경우도 많을 테니까 열심히 해야지."

"응, 열심히 할게! 다음이 어떤 이벤트일지 모르지만……필드를 바쁘게 뛰어다니는 게 아니라면 좋겠어."

【포학】을 입수한 지금 메이플에게는 필드를 뛰어다니는 것도 충분히 가능하지만, 한 번 몸에 밴 의식은 좀처럼 사라지지 않는다.

"필드를 뛰어다니는 타입이라. 메이플은 개인 보수를 챙길 수 있을 정도면 돼. 길드 보수는 나한테 맡기고."

"그래? 하지만 최대한 열심히 할게!"

"후후, 무리하지 않아도 되니까. 우리는 사람이 많이 필요한 이벤트에 맞지 않고."

【단풍나무】는 마이와 유이를 더했다고 해도 아직 여덟 명이다. 개개인의 능력은 뛰어나지만, 물량에 못 당할 상황도 생기겠지.

"조금 더 사람을 늘리는 편이 좋을까?"

"아니야. 메이플이 이거다 싶지 않거든 늘리지 않아도 돼. 느긋하게 자기 페이스를 지키는 게 좋겠지?"

사리가 그렇게 말하자, 메이플은 맞는 말이라며 고개를 그덕였다.

"아, 그렇지! 그리고, 이번에 4층 생각을 할 때 떠오른 건데, 또 사리랑 둘이서 마을을 돌면서 이것저것 해 보고 싶어."

"응, 좋아! 레벨만 올리면 지루하니까 기분 전환으로."

"그래! 사리도 말했지만 싸우기만 하면 지치잖아."

메이플이 그렇게 말하며 씨익 웃자, 사리도 자연스럽게 웃었다. 그리고 조금 생각한 뒤에 이런 말을 꺼냈다.

"그럼 지금부터 3층 마을을 돌아보자, 듣자니 메이플이 나는 연습을 한 이유는 4층이 머지않아 오기 때문이지?"

"응, 그런데?"

"그럼 3층 탐색이라는 의미로 마을에 안 나가 볼래? 이벤트 준비가 많아서 3층에서 뭘 하는 기간은 바빴으니까."

"오오! 좋아! 갈래, 갈래!"

이벤트에 길드 가입 권유, 강화, 할 일이 많았기 때문에 두 사람이 3층에서 자유롭게 쓸 수 있었던 시간은 적었다. 그만큼 지금부터 즐겨 보자는 말이다.

"사리, 안 지쳤어?"

"메이플이랑 이야기했더니 피로도 날아갔어."

"그럼 놀러 가자!"

"오케이, 그럼 가자!"

두 사람은 소파에서 일어나서 길드 홈 밖으로 나갔다.

"일단 어디부터 갈까?"

"어쩔까. 3층은 소재 관련 가게가 많아. 다음으로는 장비."

제안한 것은 좋지만, 사리로서는 이거다 싶은 명확한 목적지가 없었다.

"사소한 건 정하지 말고 그냥 걸어보는 것도 좋을 것 같아! 나는 필드를 다닐 때 보통 그래!"

"그래서 전혀 예정에도 없던 것을 가지고 오는 거구나…….응, 좋아. 그럼 메이플의 말대로 하자!"

"와아! 그럼 오른쪽부터 보러 갈래? 예전에 잠깐 구경했을 때는 예쁜 가게가 있었어! 무슨 가게인지는 모르지만……."

"그런 소리를 들으니 궁금하네……. 일단 거기로 가자."

"알았어. 그럼 따라와!"

그렇게 말한 메이플은 사리의 손을 잡고 걷기 시작했다. 큰길을 벗어났기 때문에 플레이어도 많지 않아 길을 걷기 편하다.

잠시 걷자, 메이플이 말한 예쁜 가게가 보였다.

메이플은 여기라면서 가게 앞에서 섰다.

"액세서리 가게? 인 거 같네. 장비와는 다른 건가?"

메이플은 유리 너머에 진열된 상품을 보며 중얼거렸다.

"그런가 봐. 외모 변경에 가까울까. 그 외에도 헤어스타일이나 머리색 변경 같은 것도 가능한 것 같네."

사리는 설명하면서 가게 안으로 들어갔다. 메이플도 타박타박 뒤를 따라서 들어갔다.

"실례하겠습니다……. 아, 진짜다. 액세서리가 많아……."

가게 안에는 목걸이나 팔찌 같은 것부터 리본이나 초커에 장비품으로서의 양복, 그리고 사리가 아까 말했던 것처럼 헤어스타일 변경 아이템 등도 있었다.

"어때? 메이플, 뭐 시험해 볼래?"

"어, 그럼…… 머리색은 스킬로 바뀔 때 있으니까, 머리 모양을 바꿔 보고 싶을지도!"

"나도 뭣 좀 해 볼까. 메이플, 이런 건 어때?"

그렇게 말하며 사리가 메이플에게 건넨 것은 장발로 바꾸는 것이었다.

그대로 옷도 시험 삼아 입어 보니, 완전 딴판이 됐다.

프릴이 달린 롱 스커트에 하얀 블라우스, 가만히 서 있으면 얌전한 소녀로 보이겠지.

"우, 우와아……. 나인지 모르겠어……."

메이플은 신기하다는 듯이 자기 허리 근처까지 자란 흑발을 만져 보았다. 한 바퀴 돌아보니 옷의 프릴이 살짝 흔들렸다.

"근처에서 보면 아는 사람은 알려나. 그렇긴 해도 정말 인상이 전혀 달라. 뭔가 신선해."

"사리도 이 거 입어 봐! 왜 있잖아, 마이랑 유이 같은 느낌의 옷을 입은 걸 본 적이 없는걸."

"어?! 으 으음……. 나는 그런 거 안 어울려."

사리가 조심스럽게 거부하자, 메이플은 눈을 빛내면서 거리를 좁혀왔다.

"후후후, 뭐든지 시험해 봐야 하잖아!"

자기도 메이플에게 이것저것 줬기 때문에 세게 나갈 수 없어서, 사리는 이번에는 메이플에게 이것저것 받는 처지가 됐다.

"머리를 땋고…… 트윈 테일도 본 적 없고…… 어때?"

"우우…… 뭐, 뭔가 좀 창피해."

사리가 그렇게 말하며, 시험 삼아 입어본 옷 소매를 붙잡으며 눈을 피했다.

"그래?"

결국 두 사람은 그대로 그걸 한 벌 사서 가게를 뒤로 했다.

"으음, 금방 도로 갈아입었네."

"또, 또 다음 기회에 입을 테니까…… 아마도, 어쩌면."

평소와 외모가 다른 메이플이 눈을 흘기는 앞에서, 평소 복장으로 돌아온 사리는 도망치듯이 걷기 시작했다.

"아, 기다려, 사리! 도망치지 마!"

그렇게 말하며 메이플은 사리를 쫓아갔고, 애초에 도망칠 생각이 없었던 사리를 금방 따라잡았다. 그리고 두 사람은 또 마을 탐험을 재개했다.

그런 두 사람의 탐험도 곧 끝나고, 또한 아직 본 적 없는 4층은 조금씩 다가오고 있었다.

〈5권에서 계속〉

후기

제일 먼저, 여기까지 계속해서 책을 구입해 주신 분께 감사를. 그리고 처음 사 주신 분에게는 계속 읽어 주셨으면 하는 마음을 전합니다.

안녕하세요, 유우미칸이라는 자입니다.

여러분의 응원 덕분에 「아픈 건 싫으니까 방어력에 올인하려고 합니다.」도 4권이 됐습니다.

또 만화판도 시작했으니까 순풍에 돛 단 상태(?)일까요. 아무튼 고마울 따름입니다.

4권은 내용도 더 쓰고 수정도 거치면서 읽기 쉽고 즐기기 쉬워졌다고 생각합니다.

항상 생각합니다만, 좋은 것을 전했으면 하는 마음입니다. 어지럽게 바뀌는 환경에 휘둘리는 듯해서, 아직 익숙해져야 할 것이 많은 상황이네요.

물론 그 모든 것이 즐겁고 신선합니다만.

자, 【방어력】도 어느새 4권이 됐으니 시간 경과는 빠릅니다. 앞서 말했지만 이것도 신선하고 즐거운 탓일지도 모르겠네요.

초심으로 돌아간다는 것과는 또 다를지도 모르겠습니다만, 제게 이런 기회를 주신 여러분에게는 아무리 감사해도 부족합니다.

4권은 등장 캐릭터도 많으니까 매력이 잘 전달됐으면 좋겠습니다.

4권에서는 초심을 돌아보는 것으로 「아픈 건 싫으니까 방어력에 올인하려고 합니다.」 4권을 마치도록 하겠습니다.

앞으로도 더 좋은 것을 전할 수 있게 정진하겠으니.
눈에 띄거든 손에 집어 주시길 부탁드리며.
그리고 5권에서 다시 만나기를 기대하겠습니다!

유우미칸

아픈 건 싫으니까 방어력에 올인하려고 합니다. 4

2019년 07월 15일 제1판 인쇄
2020년 02월 28일 제3쇄 발행

지음 유우미칸 | 일러스트 코인

옮김 한신남

발행 영상출판미디어(주)
등록번호 제 2002-000003호
주소 21311 인천광역시 부평구 평천로 132 (청천동)
전화 032-505-2973(代) | FAX 032-505-2982

ISBN 979-11-6466-538-9
ISBN 979-11-319-9451-1 (세트)